나는 천추태후다

1판 1쇄 인쇄 | 2024년 10월 21일
1판 1쇄 발행 | 2024년 10월 28일

지 은 이 | 윤선미
펴 낸 이 | 천봉재
펴 낸 곳 | 일송북

주   소 | 서울시 성북구 성북로 4길 27-19
전   화 | 02-2299-1290~1
팩   스 | 02-2299-1292
이 메 일 | minato3@hanmail.net
홈페이지 | www.ilsongbook.com
등   록 | 1998. 8. 13(제 303-3030000251002006000049호)

중세

고려의 자주국 수호를 천명한 여걸

나는

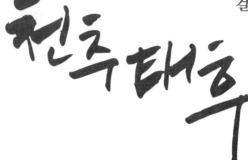

원추태후

다

윤선미 지음

알춘북

자주국 고려의 위상은
내가 지킨다

"나의 고려가 외국에 사대하는 것을 원치 않았다. 성종이 내려놓은 고려의 위상을 반드시 되돌려 놓아야 한다고 다짐했다. 그것이 태조 왕건의 유조에 따라 고려가 자주국이자 황제국으로서, 세상 그 어떤 나라도 넘보지 못할 대국으로 거듭날 수 있는 유일한 방법이라 여겼으니 이것이 내가 목종을 대신하여 섭정한 이유다."

- 천추태후가 독자에게 -

한국을 만든 인물 500인을 선정하면서

일송북은 한국을 만든 인물 5백 명에 관한 책들(5백 권)의 출간을 기획하여 차례대로 펴내고 있습니다. 이는 긍정적이든 부정적이든 우리 역사에 뚜렷한 족적을 남긴 인물들의 시대와 사회를 살아가는 삶을 들여다보고 반성하며, 지금 우리 시대와 각자의 삶을 더욱 바람직하게 이끌기 위해서입니다. 아울러 한국인의 정체성은 무엇인가를 폭넓고 심도 있게 탐구하는, 출판 사상 최고·최대의 한국 대표 인물 콘텐츠의 보고(寶庫)가 될 것입니다.

한국 인물 500인의 제목은 「나는 누구다」로 통일했습니다. '누구'에는 한 인물의 이름이 들어갑니다. 한 인물의 삶과 시대의 정수를 독자 여러분께 인상적·효율적으로 전할 것입니다. 무엇보다 지금 왜 이 인물을 읽어야 하는가에 충분히 답해 나갈 것입니다.

이번 한국 인물 500인 선정을 위해 일송북에서는 역사, 사회, 문화, 정치, 경제, 국방, 언론, 출판 등 각 분야의 전문가들로 선정위원회를 구성했습니다. 선정위원회에서는 단군시대 너머의 신화와 전설쯤으로 전해오는 아득한 상고대부터, 아직도 우리 기억에 생생한 20세기 최근세까지의 인물들과 그 시대들에 정통한 필자를 선정하고 있습니다.

우리는 지금 최첨단 문명시대를 살고 있습니다. 인터넷으로 실시간 글로벌시대를 살고 있으며 인공지능 AI의 급속한 발달로 인간의 정체성마저 흔들리고 있음을 절감하고 있습니다.

이러한 때일수록 인간의, 한국인의 정체성이 더욱 절실히 요구되고 있습니다. 그 정체성은 개인과 나라의 편협한 개인주의나 국수주의는 물론 아닐 것입니다. 보수

와 진보 성향을 아우르는 한국 인물 500인은 해당 인물의
육성으로 인간 개인의 생생한 정체성은 물론 세계와 첨단
문명시대에서도 끈질기게 이끌어나갈 반만년 한국인의
정체성, 그 본질과 뚝심을 들려줄 것입니다.

차 례

고려의 여걸 천추태후

"고려의 성(性)문화는 의외로 자유분방하였다. 고려의 문인인 이규보의 문집『동국이상국집』에는 고승과 소년의 동성애가 여느 이성의 사랑처럼 기술되어 있는가 하면, 제7대 목종과 제26대 충선왕, 제31대 공민왕은 남색을 한 왕으로 알려져 있다. 근친혼은 말할 것도 없거니와, 제6대 성종의 첫째 비인 문덕왕후 유씨와 왕과의 결혼은 초혼이 아닌 재혼이었다.

송나라 사신 서긍이 쓴『고려도경』에는 "아침에 일어나면 먼저 목욕한 후 집을 나서며, 여름에는 하루에 두 번씩 목욕을 한다. 흐르는 시냇물에 많이 모여 남녀 구분 없이 모두 의관을 언덕에 놓고 물굽이 따라 속옷을 드러내는 것을 괴상하게 여기지 않는다.”라며 고려인들의 혼욕 풍습을 언급하기도 하였다.

목종 대에는 문·무 3품 이상 관원의 아내가 과부로 수절하면 관작을 내려 주었을 정도다. 과부의 수절이 흔한 일은 아니었다는 방증이기도 하다.

그러한 자유로운 풍속에도 불구하고 조선 세종 대에 정인지, 김종서 등에 의해 간행된『고려사』와 이를 요약하거나 보강한『고려사절요』, 그 외 조선 성종 대에 서거정 등이 집필한『동국통감』등 고려사를 다룬 조선의 문헌에서는, 천추태후(千秋太后)에 대한 노골적인 적개심을 보인다. 김치양과 사통하였다는 사실에 대해 “추악한 소문이 자자했다”, “(김치양이) 밤낮으로 태후와 희롱하고 노는 데 두렵고 꺼릴 바가 없었다”라고 기술한 것 등이 그것이다.

또한 조선의 개국공신인 정도전은 “헌애왕후가 음란함에 김치양과 간통해 아들을 낳았다. 왕이 애초부터 이

것을 제대로 바로 잡지 못해 결국 모자가 모두 재앙을 입었고 사직을 완전히 무너뜨렸다."라고 하였다. 조선 후기 실학자이자 역사학자였던 안정복 또한, 『동사강목』에서 "지어미로서 음탕한 행동이 있거나 신하로서 반역하는 뜻이 있다면 이는 강상을 무너뜨리고 천 리를 어지럽히므로 반드시 죽여야 할 적인 것이다. 황보씨가 김치양과 간통하고서 어찌 태후의 호를 가질 것인가?"라며 신랄하게 비판하였다.

사통한 김치양과의 사이에서 태어난 아들을 왕위에 올리기 위해 조카인 대량원군(현종)을 암살하려고 하였다며 '희대의 악녀'처럼 치부하는가 하면, 즉위 당시 18세였던 목종을 대신하여 섭정하였다 하여 '권력욕의 화신'인 양 알려져 있기도 하다.

과연 천추태후가 진실로 이러한 욕을 먹을 정도로 사악한 인물이었을까? 천추태후에 대한 이들의 판단을 그대로 받아들이는 것이 옳은 것일까? 천만의 말씀이다. 공과 사, 시대와 문화를 읽지 못한 후대의 평가는 비평이 아니라 왜곡이다.

　그럼에도 이러한 비판이 천추태후의 이미지에 고착된 이유는 간단하다. 천추태후의 어머니인 목종이 폐위되고 옹립된 고려의 제8대 왕은 현종이었다. 당시 거란이 두 번이나 침입했으며 대부분의 사서와 실록이 소실되었다. 이에 새롭게 역사를 기록해야 했다. 현종을 지지했던 세력은 신라계 유학자들이었다. 그들은 목종의 폐위 원인을 천추태후와 목종의 실행(失行)으로 전가하려고 하였다. 이는 현종의 옹립을 정당화하기 위함이었다.

　이처럼 현종과 그의 혈통을 이은 왕들이 두 모자를 악랄하고 음탕한 인간으로 기술한 것을, 유교의 나라인 조선에서는 당연하다는 듯 받아들였다. 남존여비, 삼종지의, 일부종사로 대변되는 유교 사상에 위배되는 행위였기 때문이다. 이는 천추태후가 악녀로 알려질 수밖에 없었던 어이없는 이유다.

　하지만 천추태후가 남편인 경종 생전에 불륜한 것도 아니오, 대량원군을 암살하려는 시도 역시 대량원군 자신이 목종에게 보낸 서신 외에는 증거가 없다. 그 와중에 태후의 동생 헌정왕후 황보씨 또한 숙부와 사통한 사실이 있는데도 천추태후만이 심하게 비판받았다. '고려의 세종 대왕'이라 불리는 현종의 어머니가 바로 헌정왕후였고, 그 헌정왕후의 사통으로 태어난 이가 바로 그 현종이었기 때문이다.

천추태후가 남편인 경종을 잃고 과부가 되었을 당시 나이는 겨우 18세였다. 경종과의 사이에 아들 송(목종)이 태어난 지 1년 2개월밖에 되지 않았다. 경종이 사망한 후, 나이 어린 송을 대신하여 왕이 된 이는 천추태후의 친오라비인 개령군 왕치, 즉 성종이었다. 그는 성군으로 평가되고 있다.

성종은 불교의 나라인 고려에서 불교를 배척하고 대신 유교를 신봉하면서 그 교리대로 행한 왕이었다. 친동생들이지만 선왕의 비였던 천추태후, 헌정왕후에게도 유교의 엄격한 잣대를 들이댔다. 두 왕후와 사통한 이들을 모두 유배 보냈다.

그토록 유교적 사고에 입각한 꼿꼿한 성정을 가진 성종이었지만, 유교의 나라 중국을 지나치게 사대한 나머지 황제국 고려를 제후국으로 스스로 격하시키는 우를 범했다. 황제의 칙서인 '조서'를 제후국에서나 사용하는 '교서'라 명칭을 바꾸고, 자신을 칭할 때 '짐'이라 하지 않고 '과인'이라 낮췄다. 거란의 80만 대군이 침략하자 겁을 먹은 나머지 어느 중신이 제안한 할지론을 받아들이려고까지 하였다. 싸워보기도 전에 땅부터 바쳐 달래보자는 의미였다.

다행히 서희의 뛰어난 외교술 덕분에 강동 6주를 차지하면서 성종의 업적에 공을 더한 셈이 되었지만, 외교적으로 왕의 위치가 달라지면 나라의 격도 달라진다는 사실에는 변함이 없다.

성종이 승하한 후 왕위에 오른 이는 목종이었다. 목종의 나이 18세로 친정할 수 있었으나 천추태후가 섭정하였다. 목종이 어머니 황보씨를 높여서 '왕태후'로 삼았다는 기록이 있는데, 이는 천추태후가 스스로 자신에 대한 경칭을 높였다고 볼 수 있다. 천추태후가 목종 재위 기간인 12년 중에서 어느 시기까지 섭정했는지 어떤 문헌에도 나와 있지 않았고, 길지 않은 재위 기간에 술과 남색에 빠진 왕이 정치를 등한시한 바 있기 때문이다. 목종 대의 정치를 천추태후의 정치라고 부르는 이유다.

그녀는 성종이 폐지했던 불교 행사 연등회와 토속신에게 제사 지내는 전통 행사인 팔관회를 부활시켰다. 불교를 다시 부흥시켜 민심을 한데 모으는 구심점으로 삼고 전통을 지켜나가겠다는 의도였다. 이후 과거제를 통해 집권 귀족들을 대신해 학식 있는 신진 세력들을 등용하였다. 물론 이는 광종의 '과거제 시행' 이후, 성종 대에도 꾸준히 행해져 온 일이었다. 계속해서 인재 등용에 힘썼다는 사실이 중요하다.

대외적으로는 송나라와 거란 사이에서 적절한 중립 외교를 펼치는 한편, 북진 정책의 요충지인 서경, 즉 지금의 평양을 중심으로 여러 성곽을 쌓아 외세의 침략에 대비하였다. 사대에 빠진 성종으로 인해 잃어버린 자주의식을 되찾고자 황제국으로의 회귀를 주도한 이가 바로 천추태후였다.

결국 강조의 정변으로 몰락하기는 하였으나, 그녀는 태조 왕건의 손녀로, 고려 제5대 경종의 왕후이자, 제6대 성종의 누이였고, 제7대 목종의 어머니이면서 제8대 현종의 이모로서 정치적·외교적으로 지대한 영향력을 끼친 고려의 정치인이었다.

또한 그녀는 문헌에 표현되듯, 음탕한 여인이 아니었다. '음탕'이란, 행위의 음란함뿐 아니라 같은 시기에 많은 이를 상대로 난잡한 행위를 하는 것에 해당한다. 측천무후처럼 수많은 남자를 내실에 들이는 것이 음탕이고 해괴한 짓을 하는 것이 음란이다.

천추태후는 경종 사후에 몇십 년 동안 김치양하고만 관계하였다. 김치양은 그녀의 정신적 배우자이자 정치적 동반자였다. 다만, 김치양의 좋지 못한 행실이 문제시되었을 뿐이다. 태후를 등에 업고 전횡하였으며 관직을 매관매직하고 재산을 축적하여 왕에 버금가는 부를 누리는 등의 부패한 세도정치의 전형을 보인 것이 그것이다.

지도자란, 자신의 선택에 대한 책임도 져야 하는 자리다. 그녀에게 실정이 있었다기보다는, 사람을 잘못 써서 얼굴에 먹칠하고 말았지만 이 또한 그녀의 책임이라 할 수 있다.

다만, 그녀의 삶이 고려 초기의 역사를 관통하는 만큼, 그녀에 대한 제대로 된 평가가 수반되어야만 당시 시대상을 이해할 수 있을 것이다. 오히려 자주국가 고려의 위상을 되찾기 위한 그녀의 노력을 허투루 보는 것이야말로 역사적 왜곡이 될 것이다. 이것이 그녀를 고려 초기의 대표적인 정치인으로 주목한 이유다.

제1장

고려의 근친혼

천추태후는 고려 제3대 왕인 광종 15년(964년), 대종(戴宗) 왕욱과 선의왕후 유씨의 딸로 태어났다. 이름은 알려진 바가 없다. 경종의 셋째 왕후였을 당시에는 헌애왕후 황보씨(獻哀王后 皇甫氏)라 불렸고, 목종 대에 천추전에 머무르며 섭정하였다 하여 천추태후라는 별칭이 붙었다. 시호는 헌애왕태후다.

그녀의 아버지인 왕욱은 고려의 태조 왕건과 제4비인 신정왕태후 황보씨의 아들이며, 어머니인 선의왕후는 왕건과 제6비인 정덕왕후 유씨 사이의 둘째딸이다. 부모가 서로 배다른 남매지간이었다. 즉, 고려를 세운 태조 왕건은, 천추태후에게 친조부이자 외조부가 되는 셈이다.

왕위에 오르지 못한 왕욱이 '대종'이라 불리고, 부인 유씨에게 '왕후'의 칭호가 붙은 것은 천추태후의 친오라비인 성종이 왕위에 오르면서 부모를 모두 왕과 왕후의 반열로 추존하였기 때문이다. 친조모인 신정왕태후 황보씨 또한 마찬가지다.

천추태후의 어린 시절에는 신정왕태후 황보씨의 영향이 지대했다. 신정왕태후 황보씨는 황주의 유력한 호족인 태위 삼중대광 충의공 황보제공의 딸이다. 본시 왕후가 아닌, 부인으로 책봉되었는데 태조로부터 황주원이란 건물을 하사받았기에 황주원 부인으로 불렸다. 이후 경종 때 황주원이 궁으로 승격되면서 이름이 명복궁으로 바뀌었고, '명복궁 대부인'이라는 작위를 받았다.

당시 왕후와 부인은 왕의 본처와 첩의 관계였다. 왕후는 한꺼번에 여러 명이 책봉될 수 있었으며, 모두 정비로 인정받았다. 대신 귀비, 숙비, 덕비, 현비 등 정1품에 해당하는 '부인'은 모두 후궁이었다. 말하자면 명복궁 대부인은 태조의 후궁이었다.

신정왕태후 황보씨는 왕건과의 사이에 대종 왕욱과

대목왕후 황보씨를 낳았다. 대목왕후는 이복남매인 제4대 왕 광종의 왕후다. 두 사람 사이에서 제5대 왕이 되는 경종이 태어났다.

신정왕태후, 즉 당시의 명복궁 대부인은 부모를 일찍 여읜 다섯 남매를 어려서부터 슬하에서 직접 키웠다. 효덕태자, 개령군 왕치, 경장태자, 그 외 천추태후와 헌정왕후가 그들이다. 둘째 왕치가 바로 경종에 이어 제6대 왕이 된 성종이다.

이처럼 명복궁 대부인은 외손자가 경종, 친손자가 성종이며, 다시 두 친손녀인 천추태후와 헌정왕후가 각기 낳은 아들들이 목종과 현종으로 연이어 왕위에 올랐다. 당시 그녀와 황보씨 가문의 위세가 얼마나 대단했을지 미루어 짐작할 수 있는 대목이다.

명복궁 대부인은 성종 2년(983년) 7월에 죽었다. 성종이 매우 애통해하며 모든 예를 차린 후 백관을 거느리고 빈전에 나아가 '신정대왕태후'라는 시호를 올리고 곡을 하였다. 명복궁 대부인 또한 정비가 아닌데도 왕위에 오른 손자에 의해 '왕태후'로 추존된 것이다.

『고려사』열전 후비 편의 책문에는 신정왕태후가 보인 왕후로서의 덕성과 자손들을 따뜻하게 양육한 정성, 그리고 성종 자신이 왕위에 올랐으나 왕태후가 일찍 별세하여 효를 다하지 못한 것에 대한 슬픔이 절절하게 남아 있다.

　　"왕태후의 덕은 황제의 모친인 부보(附寶)와 같고, 그 공적은 후직(后稷. 중국 주나라의 전설적 시조)의 모친인 강원(姜嫄. 중국 고대 신화상의 제왕 제곡의 비)과 나란하니, 일찍부터 상서로운 손금을 지니셨고 태교 또한 밝고 신령스럽게 행하셨습니다. (중략) 지어미의 도리를 잘 닦음으로써 왕후로서의 의절을 갖추셨고 절약과 검소의 기풍을 내전에서 행하심으로써 올바른 규범이 조정에 널리 퍼지게 되었습니다. (중략) 겨우 여덟 살 때 모친을 여의고 어린 나이에 엄친마저 잃어 조모님의 품 안에서 양육되었지만 마치 부모의 슬하에 있는 것처럼 안온했습니다. 맛난 음식은 남겨두었다가 저를 먹여주셨으며 부드럽고 따뜻한 옷을 이 외로운 몸에 입혀주셨습니다. (중략) 이제 선조의 덕에 보답하고 손자의 효성을 바치려고 하던 차에 태후께서 이처럼 별세하시는 재난을 당할 줄 어찌 알았겠습니까?(후략)"

이 책문을 통해 신정왕태후가 성종과 천추태후 남매를 얼마나 정성껏 보살피고 가르쳤는지를 충분히 알 수 있다.

이렇듯 천추태후와 관련한 고려 왕조의 가계 일부를 살펴보면 문득 이런 생각이 들 수 있다. '족보가 몹시 복잡하고 문란하지 않은가.'

이는 왕건이 무려 29명의 부인과 혼인하였는데 그녀들과의 사이에서 태어난 자녀 34명이 대부분 족내혼 혹은 근친혼을 하였기 때문이다. 사촌과 혼인하고, 숙부와 혼인하며, 이복형제끼리 혼인하다 보니 숙부이면서 사촌이고, 조카이면서 처남매부가 되는 등 족보가 꼬일 수밖에 없었다. 현대인의 시각에서라면 망측하기 그지없는, '개족보'도 이런 개족보가 없을 것이다. 하지만 시대가 다르고 문화가 달랐다는 사실을 간과해서는 안 된다. 또한 왕건이 여러 부인과 혼인한 것에는 나름의 이유가 있었음을 알아야 한다.

신라 말 궁예를 몰아내고 고려를 세운 왕건은, 견훤의

후백제를 평정하고 신라마저 복속하는 과정에서 지방의 토착 세력인 호족들의 지원이 반드시 필요했다. 이를 위해 각 호족 가문의 여식들과 일일이 정략결혼을 하게 된 것이다. 게다가 그렇게 낳은 많은 자식끼리 서로 얽히고 설킨 근친혼을 하였다. 물론 당시로서는 그리 낯선 일이 아니었다. 이미 신라 왕실에서도 이러한 근친혼, 족내혼이 비일비재했기 때문이다.

삼국 통일의 영웅 김유신은 누이 문희의 딸 지소와 혼인하였다. 외숙부와 질녀 간의 혼인이었다. 그 사이에서 낳은 김유신의 딸 신광은 다시 문희의 아들 문무왕과 혼인하였다. 사촌끼리의 혼인인 동시에 이 또한 숙부와 질녀 간의 혼인인 셈이다. 진성여왕 또한 숙부인 김위홍과 혼인하였다. 골품 제도를 유지하고 왕실의 혈통을 이어나가기 위함이었다.

고려에서도 마찬가지였다. 왕가의 순수한 혈통을 유지하고 왕실의 재산을 지키기 위한 방편으로 근친혼, 족내혼은 필수였다. 특히 고려시대에는 재산이 자녀 모두에게 공평하게 상속되었던 만큼, 공주가 외부로 시집 가면서 왕실 재산이 빠져나가는 것을 원치 않았기 때문이기도 하다.

백성들조차 사위가 처가에 들어가 사는 것은 예사요, 장인, 장모를 친부모처럼 모셨으며, 장인의 가문을 잇기도 하는 등 유교 사회인 조선시대와는 사뭇 다른 분위기의 고려였다. 이 때문에 공주와 혼인한 다른 가문, 즉 '왕씨'가 아닌 사위가 왕위를 잇게 되는 상황도 가능하였으니 이 또한 막아야 할 필요성이 있었다. 그 외에도 외척의 전횡 또한 왕실을 위태롭게 만드는 요인이었기에 근친혼, 족내혼을 적극적으로 추진한 또 다른 이유가 되었다.

특이한 점은 이때, 대목왕후 황보씨를 비롯해 선의왕후 유씨 등, 왕건 혈통을 이어받은 여인들은 대부분 '왕'씨가 아닌, 모계의 성을 따랐다는 것이다. 이는 제2대 혜종 때 장공주(대목왕후)를 왕(혜종)의 아우인 왕소(광종)의 처로 삼으면서부터 시작된 관례였다. 장공주는 어머니를 따라 '황보'라는 성을 썼다. 이후로 왕실에서 동성에게 시집간 여인들은 모두 그 본래 성을 피하고자 외가의 성을 따랐다.

그런데 그렇지 않은 경우도 간혹 있었다. 바로 천추 태후와 헌정왕후 자매의 경우다. 선의왕후 유씨의 딸임 에도 불구하고 '유'가 아닌, '황보'라는 성을 따랐다. 황보 씨는 친조모의 성씨였다. 모계 성을 따르는 것이 관례이 나, 좀 더 권세 있는 가문의 성씨를 따르기도 하지 않았을 까 하는 추측을 할 수 있는 부분이다. 혹은 선의왕후가 일 찍 사망하여 5명의 남매가 모두 친조모인 황보씨 가문에 서 자랐기 때문이라고 추측할 수도 있다. 외가 성을 따랐 든, 권세 있는 조모의 성을 따랐든, 왕가의 여인들이 현재 와 같이 아비의 성을 따르지 않았던 이유는 무엇일까? 이 는 철저한 유교 국가였던 중국을 의식했기 때문이다. 즉, 근친혼을 하면서도 근친혼처럼 보이지 않기 위한 의도라 고 볼 수 있다.

이렇듯, 신라에서 비롯된 고려 왕실의 근친혼, 족내혼 은 오랫동안 당연한 풍속으로 행해졌다. 물론 점차 근친 혼의 폐해를 알게 된 왕실에서 이를 막으려는 노력을 하 지 않은 것은 아니다.

제11대 왕 문종은 사촌 간의 혼인으로 태어난 자는 관리로 등용하지 않는다는 금고령을 내린 바 있다. 또한 제16대 왕 숙종은 육촌부터 혼인을 금지한다는 법령을 공표하기도 하였다. 하지만 제대로 지켜지지 않아 취소되거나, 육촌에서 다시 사촌으로 정정되기도 하였는데 이후에도 근친혼은 쉽게 근절되지 않았다.

근친혼이 사라지기 시작한 것은 원 간섭기를 맞이하면서부터다. 이때부터 왕의 첫째 왕후는 무조건 원의 공주로 맞아야 했다. 최초의 원나라 출신 왕후는 원 세조의 딸인 제국대장공주로서 1275년 제25대 충렬왕의 왕후가 되었다. 원의 부마국이 되면서 근친혼이 일정 부분 불가능하게 된 것이다. 이후 고려 말, 성리학이 사회 전반에 깊게 뿌리 내리면서 근친혼과 동성혼이 금지되는 풍조가 자리 잡게 되었다.

세계 역사에 대한 기록들에서도 많은 왕조와 귀족 가문이 혈통을 지킨다는 명분으로 근친혼을 했다는 내용이 상당히 많으니 딱히 고려의 풍속만을 문란하다고 볼 필요는 없다. 대표적으로 친남매간, 부녀간의 혼인이라는 비윤리의 극한까지 허용하였던 고대 이집트의 프톨레마

이오스 왕조나, 주걱턱이라는 유전병으로 대대로 고통받은 합스부르크 왕가가 잘 알려진 사례다. 다만 우생학적인 측면 외에도 시대의 변화와 함께 윤리적인 문제가 대두되면서 이제는 참으로 금수만도 못한 짓으로 여겨지고 있다.

당시 왕실 가계도와 분위기를 이해하는 정도에서 고려 근친혼의 역사를 이해하면 좋을 것이다.

고려 초기 왕의 계보(왕건~광종)

고려를 개창하고 후삼국을 통일한 이는 태조 왕건(王建)이다. 자는 약천(若天), 휘는 건(建), 한주 송악군 사람으로, 아버지인 금성 태수 융(隆)과 어머니 한 씨 사이에서 장자로 태어났다. 재능이 뛰어나고 도량이 넓고 깊어서 세상을 구제할 도량이 있었다. 무릇 26년간 재위하였는데, 통일한 후에도 8년간 재위하였다. 수는 67세였다.(『동국통감』)

지금은 남아 있지 않는 『편년통록』의 내용을 인용한 『고려사』 세계에는 왕건의 조부 이름은 작제건이고, 당나라 숙종의 아들이라고 되어 있다. 『편년통록』은 고려 제18대 왕인 의종 때 김관의가 쓴 역사책으로, 태조 왕건의 족보를 채집해 기록했다고 알려져 있다.

그 내용은 대략 이러하다.

당나라 숙종이 태자 시절에 천하 유람을 하다가 대동
강에 이르렀다. 송악(개경)의 양자동이라는 곳이었고, 보
육의 집에 머물게 되었다. 보육은 과거에 곡령에서 소변
을 보아 삼한을 덮는 꿈을 꾼 바 있었다. 형 이제건은 이
꿈을 제왕을 낳을 꿈이라고 해석하고 자신의 딸을 보육에
게 시집 보냈다. 보육이 조카와의 사이에서 난 두 딸 중 둘
째가 진의였다.

이번에는 진의의 언니가 오관산에서 소변을 누어 천
하를 잠기게 하는 꿈을 꾸었다. 진의는 얼른 비단 치마를
내어주고 언니에게서 그 꿈을 샀다. 이후 숙종의 옷이 찢
어지자 언니가 이를 꿰매려고 하였으나 코피가 나는 통
에 진의가 그 일을 대신하게 되었다. 그 일로 진의가 숙종
과 사랑하는 사이가 되었고 두 사람 사이에 아이를 낳아
그 이름을 '임금으로 만들어 세운다'라는 뜻의 작제건이라
지었다. 하지만 숙종은 당나라로 돌아간 뒤 다시는 돌아
오지 않았다.

작제건은 어려서부터 총명하였고 신궁이라 불릴 정도로 궁술이 뛰어났다. 그가 아버지 숙종을 만나기 위해 배에 올랐을 때의 일이다. 당나라로 향하던 배가 서해에서 풍랑을 만났다. 배 안에 있던 점쟁이가 궁수를 섬에 내려놓아야 풍랑을 멈출 수 있다고 점쳤다. 배 안에 궁수라곤 작제건 한 사람뿐이었다. 섬에 내린 그는, 용왕을 만나 이상한 부탁을 받게 되었다. 자신을 괴롭히는 '경을 읽는 늙은 여우'를 제거해달라는 부탁이었다. 작제건은 그 부탁대로 늙은 여우를 화살로 쏘아 죽였다. 기뻐한 용왕은 그에게 자신의 맏딸인 용녀를 아내로 주었으며, 칠보와 버드나무 지팡이와 돼지를 선물하였다.

어느 날, 한 노인이 작제건에게 "건(建) 자가 삼대면 동방의 임금이 될 것이다."라고 말하였다.

작제건은 용녀와의 사이에서 태어난 아들의 이름을 '용건(龍建)'이라 지었다. 용건은 이후 융(隆)으로 개명하였는데, 꿈속에서 보았던 미인과 꼭 닮은 한 씨를 만나 함께 살게 되었다.

두 사람은 송악 남쪽에 터를 잡고 집을 짓기로 하였다.

당나라에서 유학하고 돌아온 도선국사가 그 터를 보고 상
서롭게 여겼다.

"풍수지리에 따라 이곳에 집을 지으면 아들을 낳을 것
이니 왕건이라 이름 지으시오."

융은 도선의 말대로 집을 짓고 다음 해에 아들을 낳아
이름을 왕건이라 지었다.

왕건의 탄생 설화는 이처럼 삼대에 걸친 '왕 만들기
프로젝트'로 장황하게 전개된다. 언니의 신기하고 이상한
꿈의 의미를 알아채고 결국 당나라 숙종과 관계하여 아들
을 낳게 되는 진의의 영민함, 용왕의 부탁을 들어주고 용
녀과 혼인하게 되는 신궁 작제건의 용맹함, 풍수지리에
능통한 도선의 지시대로 집을 짓고, 태어난 아들의 이름
을 왕건으로 지은 융의 이야기까지, 마치 설화나 전래 동
화를 읽는 듯한 기분마저 든다.

그런데 고려 말 학자인 이제현은 자신의 시화집인 『
역옹패설』에서 왕건의 조부가 당나라 숙종이라는 기록은
허구라고 단호하게 말했다. 『편년강목』의 저자인 민지는
이를 확인하기 위한 원나라 학자의 물음에 대해, 작제건

의 아버지는 숙종이 아닌 선종이라 바꾸어 답하기도 하였다. 하지만 이 또한 사실이 아니라고 알려져 있다. 고구려 유민 출신이라는 주장에 힘이 실리고 있다. 건국하면서 고구려의 후예라는 점을 부각하였던 점, 거란이 고구려 유민이 세운 나라인 발해를 멸망시키자 거란을 배격한 점 등이 그 이유다.

왕건은 신라 말의 호족으로, 후고구려를 세운 궁예(弓裔) 휘하 장수가 되어 공을 많이 세웠다. 우리가 알고 있는 '후고구려'라는 명칭은 추모의 고구려, 왕건의 고려와 구분 짓기 위한 이름일 뿐, 궁예가 송악을 도읍으로 하여 세운 나라의 첫 번째 국호 또한 고려였다. 이후 '마진(摩震)'으로 고쳤다가 도읍을 철원으로 옮기면서 국호를 다시 '태봉(泰封)'으로 바꾸어 부르게 되었다.

왕건은 충주와 청주 등의 충청도 지역을 비롯해, 후백제 견훤과의 교전에서 거듭 승리하며 전라도와 경상도 서부 지역까지 점령하였다. 그 공로를 인정받아 마흔도 되지 않은 나이에 백관의 우두머리인 시중(侍中)의 자리에까지 올랐다. 하지만 궁예는 더는 그가 모실만한 주군이 아니었다.

궁예는 미륵 신앙에 심취하더니 남의 마음을 읽는 '관심법'에 통달했다며 부하 장수들을 의심하고 함부로 죽이는 등 폭군이 되어 민심을 잃었다. 이에 왕건은 신숭겸, 복지겸, 배현경, 홍유 등의 무장들과 호족들의 지지를 받아 거병하였다.

918년 왕건은 드디어 궁예를 몰아내고 '고려'를 건국하였다. 또한 935년 신라를 합병한 데 이어 936년 후백제마저 멸망시켜 후삼국을 통일하였다.

그는 장수로서의 역량이 뛰어났을 뿐 아니라, 위민하는 왕으로서 선정을 베풀 줄 아는 정치인이기도 하였다. 백성들의 조세를 1/10로 깎아주고, 진휼 기관인 '흑창'을 설치하여 춘궁기에 곡식을 빌려주고 가을에 갚게 하였다.

국경 지대인 서경을 개척하기 위해 개경의 관제 일부를 그곳으로 옮기는 등, '북진정책'을 준비하기도 하였다

개국 공신들에게 '역분전'을 지급하고 이를 다시 기부하는 호족들에게는 개성 왕씨 성을 내려주었다. 이를 성을 내린다는 의미로 '사성 제도'라 부르며 고려 시대에 영

예를 누렸던 이 제도의 수혜자들은 조선 초에 왕씨 몰살을 피하기 위해 모두 원래의 성씨로 복성하게 된다.

그 외 지방의 유력자인 호족들의 지지를 얻고자 29번에 걸친 혼인을 통해 인척 관계를 맺는 동시에, 그들을 견제하고 중앙에서 통제하기 위한 두 가지 제도를 시행하였다. 첫째는 '기인제도'라 하여 호족들의 자식을 개성에 머물게 하는 일종의 인질 제도였다. 둘째는 지역의 유력자를 사심관으로 삼아 그 지역의 행정과 치안에 대한 책임을 맡기되, 그들 또한 개경에 머물게 하여 감시하는 '사심관 제도'였다.

943년 왕건이 사망하기 직전에 그의 자손들에게 남긴 유훈이 있었으니 바로 '훈요 10조(訓要十條)'다. 이는 태조의 사상적 배경이 되는 불교, 토속신앙, 풍수지리, 도참 사상과 정책을 집약한 정치 지침서로, 총신인 박술희를 내전으로 불러 직접 전달한 것으로 전해진다. 『고려사』와 『고려사절요』에 전문이 전해진다.

'훈요 10조'의 주요 내용은 대략 이러하다.

1조. 국가의 대업은 부처님의 보호에 의한 것이니, 선종과 교종의 사원을 창립하고 정권과 청탁에 휘둘리지 않도록 잘 운영하라.

2조. 도선이 정한 곳 외에 함부로 사원을 지으면 지덕(地德, 집터의 운이 틔고 복이 들어오는 기운)을 손상시킬 수 있으니 경계하라.

3조. 왕위 계승은 적자적손이 상례이나, 원자가 불초하면 (왕위를) 다음 아들에게 주고 이마저도 못나고 어리석으면 형제들 중에서 신하들이 추대하는 자로 대통을 잇게 하라.

4조. 당나라의 풍속을 억지로 따르지 말고, 금수의 나라인 거란의 풍속은 삼가 따르지 말라.

5조. 서경은 수덕(水德, 오행 가운데 물에 상응하는 왕자의 덕)이 순조로워서 지맥의 근본이 되니 순행하여 100일 넘게 머무름으로써 (나라의) 안녕을 도모하라.

6조. 연등회와 팔관회를 더하거나 줄이지 말고 기일을 침범하지 않는 한, 마땅히 시행하라.

7조. 간언을 따르고 참소는 멀리하며 상과 벌은 적절히 하라.

8조. 차현(차령산맥) 이남의 공주강(금강) 밖은 산의 모양새가 배역(背逆)하니 그 지역민을 등용하지 말라.

9조. 공로에 따라 녹봉을 규정하고, 관직과 작위는 사사로운 정으로 내리지 말라.

10조. 경전과 역사서를 보게 하여 옛것을 거울 삼아 오늘날을 경계하라.

왕건의 뒤를 이어 혜종(惠宗)이 왕위에 올랐다. 이름은 왕무(王武), 자는 승건(承乾)으로 왕건의 맏아들이며 제2비인 장화왕후 오씨와의 사이에 태어났다.

혜종의 탄생에 얽힌 이야기가 참으로 독특하여 『고려사』 열전 태조 후비 편의 내용을 옮겨본다.

"왕후가 포구의 용이 뱃속으로 들어오는 꿈을 꾸었다. 놀라서 깨어 부모에게 말하니 모두 기이하게 여겼다. 이후 얼마 되지 않아 태조가 수군 장군으로 나주에 출진하였다. 그가 목포에 배를 대고 강가를 바라보는데 오색 구름의 기운이 서려 있었고 그곳에서 오 씨가 빨래를 하고 있는 것을 발견하였다. 태조는 그녀를 불러 잠자리를 같이 하게 되었다. 그러나 오씨의 집안이 미천하므로 임신시키지 않으려고 이부자리에 사정을 해 버렸다. 하지만 오씨가 즉시 이를 자신의 몸속으로 집어넣었고 마침내 임신하여 아들을 낳으니 그가 바로 혜종이다. 혜종의 얼굴에 이부자리 무늬가 새겨져 있어 세인들은 그를 '주름진 임금'이라 불렀다."

혜종은 도량이 넓고 지혜와 용기가 뛰어났다. 936년(태조 19) 태조가 후백제를 칠 때 종군하여 큰 공을 세운 바 있었다.

왕건은 세력이 미약하여 아들을 보필하지 못할 것을 우려하여 나주 목포 호족인 장인 오희를 다련군으로 봉하고 총신 박술희에게 혜종의 뒤를 맡겼다. 하지만 태조의 왕자들의 외가인 또 다른 호족들이 호시탐탐 왕좌를 노렸다.

왕건의 제15비인 광주원부인과 제16비인 소광주원부인 왕씨의 아비 대광 왕규(王規)가 왕의 이복동생인 왕요(王堯, 정종)와 왕소(王昭, 광종)를 참소하였다. 왕규는 혜종의 제2비인 후광주원부인 왕씨의 아비이기도 하였으니 딸 3명을 2대에 걸친 왕들에게 시집 보낼 정도로 상당한 세력을 가진 외척이었다.

하지만 혜종은 그의 참소를 듣지 않고 오히려 자신의 딸을 아우인 왕소에게 시집 보냈다. 왕규는 벽에 구멍을 뚫어 왕의 침전에 잠입하는 등 두 차례나 노골적으로 암살을 시도하였다. 이는 소광주원부인의 아들인 광주원군을 옹립하기 위함이었는데 번번이 실패하였다.

혜종은 왕규의 계속된 암살 시도와 왕요, 왕소의 왕위 쟁탈 음모에 대한 불안함으로, 주변을 의심하고 꺼리는 바가 많아졌다. 이는 고려가 건국될 때 호족의 여식들과 일일이 결혼했던 왕건의 혼인 정책이 낳은 폐단이기도 하였다. 왕후들과 부인들 29명이 낳은 아들만 25명이었다. 강력한 힘을 가진 호족들을 건국 공신으로 등에 업은 왕후, 부인들은 저마다 자신이 낳은 아들을 '태자'라고 불렀다. 일반적으로 태자란, 왕자들 중에서 다음 왕위에 오를 왕자를 이르는 말이다. 즉, 각자 제 아들이 정통이라 확신하고 왕좌를 꿈꾸었던 것이다. 그런 연유로, 고려 초에는 태자가 아닌, '정윤(正胤)'이라는 명칭으로 후계자를 세우기도 하였다.

혜종 대의 이러한 혼란은 왕의 정치 행위에서도 문제점으로 드러났다. 의심이 많아진 왕은 자신에게 아부하는 소인배들을 등용하는 일이 잦아졌다. 또한 이러한 이유로 장수와 병졸들에게 상을 내리는 데 절도가 없었다. 이 때문에 원망하는 이들이 생겼다.

혜종은 급기야 자신이 왕위에 오를 수 있도록 적극적으로 보좌하였던 박술희마저 갑곶, 즉 지금의 강화로 유배 보내기에 이르렀다. 박술희가 반대파인 왕규로부터 자신의 신변을 보호하기 위해 100여 명의 경호 병력을 데리고 다니자 다른 맘을 품고 있다고 의심하였기 때문이다.

왕규는 때를 놓치지 않고 왕명을 사칭하여 박술희를 죽였다. 이어 왕규가 반란을 일으키려고 하자, 왕식렴이 병사들을 이끌고 들어와 왕을 호위하였다. 혜종은 왕규 또한 갑곶으로 내치고 사람을 보내어 목을 베게 하였으며 그와 뜻을 같이했던 300여 명도 주살하였다.

혜종은 그렇게 불안한 왕좌에서 고통받다가 왕위에

오른 지 2년 만에 사망하였다. 이어 동생인 왕요가 군신의 추대로 왕위에 오르니 이가 바로 고려의 제3대 왕인 정종(定宗)이다.

자는 의천(義天), 시호는 문명(文明)이다. 태조의 둘째 아들로, 923년(태조 6)에 태어났다. 어머니는 태조의 제3비인, 충주 호족 유긍달의 딸 신명순성왕태후이며, 비는 문공왕후 박씨와 문성왕후 박씨다.

『고려사』에는 "(정종이) 태조의 능인 현릉을 참배하려고 재계하고 있던 날 저녁, 어전의 동쪽 산 소나무 사이에서 '왕요(王堯)야! 불쌍한 백성들을 가엾게 여겨 구휼하는 것이 임금의 중요한 책무다.'라는 소리를 들었다."라고 쓰여 있다.

당시 선왕인 혜종의 죽음에 대한 의문이 많았다. 병석에 누웠다는 기록은 있으나 병이 깊어져 졸하였는지, 암살당하였는지는 명확하지 않다. 차기 왕을 지목하지 않고 졸하였고 공신들에 의해 정종이 추대된 것으로 봐서는 급서한 것으로 보인다.

또 다르게는 정종이 혜종을 보좌하던 박술희를 죽이

고, 이에 대한 비난을 피하기 위해 왕규에게 그 죄를 떠넘겼다는 주장도 있다. 이는 혜종의 암살설과 맥을 같이하는 내용이기도 하다.

정종은 이러한 상황을 타계하기 위한 방편으로 '하늘의 소리'를 이용하여 혜종의 뒤를 이어 왕위에 오른 것에 대한 정당성을 부여하려고 한 것으로 보인다. 여전히 많은 태조의 아들이 왕위를 노리고 있었기 때문이다.

정종은 불교의 중흥에도 힘썼는데 양곡 7만 석을 내어, 불경 간행을 위한 재단인 불명경보와 불법 공부를 위한 장학재단인 광학보를 여러 사원에 설치하기도 하였다.

947년에는 지금의 평안북도 박천의 진성인 덕창진과 평북 영변 덕성진에 성을 쌓게 하였다. 또한 서경 천도를 준비하기 위하여 왕성과 철옹, 단릉, 삼척, 통덕 등에 성을 쌓았다.

광군사를 설치하여 최초의 전국적인 군사 조직이자, 농민으로 편성된 예비 군사 조직인 '광군'을 준비하였다. 이어 청천강 이북 지대에 많은 성을 쌓아 거란의 침략에 방비하였다. 이 때문에 거란은 고려 침략에 제동이 걸리게 되었다.

948년, 동여진의 대광 소무개 등이 말 700필과 토산물을 바치려고 정전인 천덕전으로 왔다. 이때 벼락이 떨어졌고 놀란 왕이 경기를 일으키더니 병석에 눕게 되었다. 병세가 위독해진 정종은 동모제(同母弟, 한 어머니에게서 난 아우)인 왕소에게 왕위를 물려주고 제석원으로 거처를 옮겼다. 아들인 경춘원군의 출생 연도는 밝혀진 바 없지만, 당시 나이가 어려서 장자 계승을 하지 못했을 것으로 추정된다.

서경 천도를 준비하는 와중에 장정들을 징발하여 궁궐을 짓게 하고 개경 백성들을 빼어다가 서경의 인구를 채우자, 당시 백성들의 원망과 비방이 끊이지 않았다고 한다.

949년 정종이 재위 4년 만에 사망하고 동생인 왕소가 제4대 왕위에 올랐다. 왕소는 뛰어난 용모와 특출하게 영리한 자질로 태조의 사랑을 많이 받은 인물이었다. 고려 왕조의 기틀을 다진 위대한 군주로 평가되기도 하지만, 반면 '피의 군주'라 불릴 만큼 반대 세력에 대한 숙청에 열을 올렸던 왕이 바로 왕소, 즉 광종(光宗)이다.

자는 일화(日華), 태조 8년 을유에 태어났다. 첫째 부인은 대목왕후 황보씨이고, 둘째 부인은 혜종의 딸이자 광종 자신의 조카이기도 한 경화궁부인 임씨다.

『고려사절요』에는 광종에 대해 이렇게 기술되어 있다. "예로써 신하들을 대하고 일을 듣고 처리하는 데에 밝았으며 가난하고 약한 자들을 불쌍히 여기고 학문이 깊고 품위가 있는 이들을 존중하며, 밤낮으로 부지런히 힘써 거의 태평한 정치를 이루었다. 중엽 이후로는 참소를 믿어 많은 사람을 죽였으며, 불법을 매우 좋아하고 절도가 없어 사치스러웠다. 26년간 재위하였으며 향년 51세였다."

그는 등극하자마자 정종의 필생의 과업인 서경 천도를 중단했다. 대신 독자적인 연호인 '광덕(光德)'을 사용하였다. 물론 이후에 거란과 여진을 막기 위해 후주와 교류하면서 그 나라의 연호를 사용하기도 하였다.

후주는 당나라가 멸망한 후, 50년 동안 난립한 중원의 5대 10국 중에서 맹주국이었다. 하지만 명군인 세종이

죽자, 부장이었던 조광윤이 장졸들에게 추대되어 황제의
자리에 오른 데 이어 정식으로 후주의 황제에게 선양받아
송을 건국하였다. 960년, 광종 재위 11년의 일이다.

이후 송이 중원을 통일하였다. 이때 광종은 다시 후주
에서 송의 연호로 바꾸었다.

고려 역사상 독자적인 연호를 사용한 왕은 태조, 광
종, 경종뿐이다. 외세의 침입이 없었고, 가장 강력한 왕권
을 행사하면서 독자적 연호까지 사용하던 광종 대에 다
시금 중국의 연호를 연이어 받아썼던 부분은 매우 아쉬
운 점이다.

광종 원년(950년) 큰 바람이 불어 나무가 뽑혔다. 왕이
사천대에 재앙을 물리칠 술법을 묻자, "덕을 닦는 것만 한
것이 없습니다."라고 아뢰었다. 사천대는 천문 관측을 담
당하던 관서로, 이때부터 왕은 항상 『정관정요』를 읽었다.

『정관정요』는 당나라의 역사가 오긍이 당 태종과 신하
들의 정치 토론 내용을 기록한 언행록이다. 광종이 이를
통해 군주의 도리와 인재 등용 등의 지침을 익히면서 왕
권 강화에 힘썼음을 알 수 있다.

광종은 재위 7년(956년)에 자신의 업적 중에서 가히 혁명이라 할 만한 '노비안검법'을 시행하였다. 노비의 신분을 조사하여 이전에 양민이었던 자를 해방시켜 준다는 내용이다. 당시 귀족들의 사노비 중에는 전쟁 포로 외에도 빚을 갚지 못하여 노비가 된 양민 출신이 많았다. 원인이야 어찌되었든 사노비는 귀족들의 개인 소유 재산이었다. 그럼에도 불구하고 광종은 과거 양민이었던 노비들을 풀어주어 귀족 세력을 누르고 세금을 늘려 왕권을 신장시키고자 하였다. 귀족들의 반발이 클 수밖에 없었다.

그 외에도 후주의 사신으로 왔다가 귀화한 쌍기에게 일약 한림학사라는 관직을 내리고 그의 건의를 받아들여 '과거제도'를 시행하였다. 당연한 듯 음직을 받던 귀족들의 권력을 누르고 대신 재야의 젊은 지식인들을 관리로 등용하는 것으로 권력 구조의 개편을 도모하였던 것이다.

고려 건국 후 42년 만에 관복이 제정되기도 하였다. 이전까지는 귀족들이 위계질서도, 일관성도 없이 신라의 관복, 불교의 가사, 심지어 왕보다 화려한 의복을 입고 입궐하는 경우도 있었다. 이를 금하고 등급에 따라 보라색, 붉

은색, 연두색, 자주색의 소매 옷을 정하여 관복으로 입도
록 하였다. 귀족들의 반발을 샀지만 광종은 명을 어긴 자
들을 가차 없이 감옥에 가두면서까지 강한 의지를 드러냈
다. 이 또한 왕권 강화를 위한 절차였으며 과거제가 자리
를 잡으면서 가능한 일이었다.

광종은 개경을 황도(皇都)로 개칭하고 칭제를 선포하
였다. 이후 일련의 공신 억압책에 반발하는 귀족들을 상
대로 강력한 통치 행위가 시행되었다. 일명 '피의 숙청'이
라 불리는 이 행위는 960년 평농서사 권신의 참소에서 비
롯되었다.

하위직을 맡고 있던 권신은, 공신인 대상 준홍과 좌승
왕동 등을 모반죄로 고발하였다. 권신의 참소로 조정이
발칵 뒤집어졌다. 광종은 친국하여 준홍과 왕동을 유배
보내고 이후 대대적인 숙청 작업을 시행하였다.

광종 15년(964년) 당시 최고의 권력을 행사하던 박수
경 일가 또한 몰락하였다. 박수경은 태조의 충직한 부하
였을 뿐 아니라, 서경 세력의 핵심으로 불리던 인물이었
다. 세 명의 후비를 배출하는 등, 황해도 지역의 유력한 호

족인 평산 박씨를 대표하였다. 또한 왕식렴과 더불어 정종의 집권을 후원했고, 광종의 즉위를 적극적으로 지원했기에 왕의 신임이 두터웠다. 그런 박수경의 세 아들이 한꺼번에 역모죄로 몰려 죽임을 당했던 것이다.

역모의 자세한 내용은 기록된 바가 없다. 그들이 죽임을 당한 이유는 아마도 광종의 개혁 정치에 반기를 들었기 때문이었을 것으로 추측된다. 이 사건으로 자식들을 잃은 박수경은 화병에 걸려 죽고 말았다.

이후로도 피바람은 멈추지 않았다. 노비가 주인을 고소하고 아들이 아비를 참소하는 등 무도한 고발이 난무하였다. 죄 없이 죽임을 당하는 자들 또한 잇달아 나왔다. 감옥이 부족하여 임시 감옥을 설치해야 할 정도였다.

공신들에게 겨눠졌던 숙청의 칼날은 왕실 사람이라고 해서 예외를 두지 않았다. 혜종의 아들인 홍화궁군과 정종의 아들인 경춘원군이 숙청되었다. 왕건과 제9비인 동양원부인의 아들이자, 개국 공신 유금필의 외손자이기도 한 효은태자 왕원 또한 성품이 사납고, 하찮은 이들을 사귀며 역심을 품었다 하여 숙청당하였다. 광종은 외아들인 왕주(王伷, 경종)조차 의심하여 가까이 오지 못하게 하였다. 총애하던 쌍기도 유배 보냈다가 살해하였다. 한마디로 숨 한번 잘못 쉬었다가는 여지없이 죽어 나갈 수밖에 없는 공포정치의 시대였다.

다행히 재위 16년(965년), 직언을 아끼지 않았음에도 왕의 신임이 두터웠던 서필의 죽음 이후 광종은 바뀌기 시작했다. 그동안 자신의 칼날에 죽어간 많은 사람의 넋을 위로하기 위해 절을 세우고, 여러 가지 민심 안정책을 시행하여 백성들의 지친 마음을 달래주려고 하였다. 이 외에도 972년 가을에는 대사령을 내렸고, 조정에 새로운 인물들을 대거 등용하기 위해 974년까지 지속적으로 과거를 시행하기도 하였다.

광종 11년 이후 약 10년 동안 시행된 대대적인 숙청으로 인하여 그동안 광종에 대한 평가가 매우 비판적이었던 것이 사실이다. 하지만 왕권 강화를 위하여 호족을 견제하는 등 짧은 기간 내에 개혁을 완성하기 위한 극약 처방으로 보는 것이 합당할 것이다. 앞선 혜종과 정종이 자신의 의지를 펼쳐보기도 전에 왕권이 위협받던 상황을 똑똑히 지켜보았기에 어쩔 수 없는 선택이었던 것이다.

　이렇듯 태조 왕건이 건국한 고려는 혜종과 정종을 거쳐 광종 대에 와서야 왕권의 기반이 잡히고 칭제(稱帝, 스스로 황제임을 선포함)하는 자주국으로서의 면모를 갖추게 되었다. 물론 광종 대에 노비안검법 등으로 양민을 늘려 조세 역시 늘어났으나 불교 행사에 지나친 비용을 들이는가 하면, 무고한 이들이 숱하게 죽어 나가야 했으니 긍정적인 평가와 부정적인 평가, 양면의 평가를 적절히 헤아려야 좋을 것이다.

제 2 장

헌애왕후 황보씨

헌애왕후 황보씨에게는 위로 효덕태자, 개령군 왕치(開寧君 王治), 경장태자 이렇게 3명의 오라비와 어린 여동생인 헌정왕후가 있었다. 오 남매는 어려서 어머니 선의왕후를 잃고, 이어 아버지 대종 왕욱마저 일찍 여의어 외롭고 두려운 시절을 보내야 했다. 왕족으로 태어난 덕에 거친 음식은 피하고 고운 옷을 입으며 행세할 수는 있었으나, 문밖에만 나가면 전쟁터나 매한가지인 상황이었다.

광종 대였다. 고려 왕조의 건립에 일조하였던 수많은 호족이 왕권을 차지하기 위한 암투를 치열하게 벌이던 시절, 광종은 선대왕 대부터 이어져 온 이와 같은 상황을 종식시키기 위해 무도한 피의 숙청을 단행하였다. 피비린 내가 멈추지 않았다. 권세가든, 어느 귀족이든, 심지어 왕족 누가 되었건 숨소리조차 함부로 내어서는 안 되었다. 앙심을 품은 그 누군가가 참소하면 여지없이 끌려가 국문을 당했고 모진 고문 끝에 처형당했다.

어느 날, 헌애왕후 남매와 절친했던 사촌 홍화궁군의 발길이 끊어졌다. 홍화궁군은 혜종과 의화왕후의 장남이었다. 혜종의 사후, 나이가 어려 왕위에 오르지 못했을 뿐, 왕좌에 올랐어야 할 사람이었다. 하지만 얼마 후 참소를 당해 처형당했다는 소식이 전해졌다. 그리 성정이 참한 사람이 역모를 꾸몄다 하니, 이는 무고임이 분명할 것이다.

다음 왕위에 오를 것으로 기대되었던 정종의 아들 경춘원군 또한 처형당했다. 사실이든 거짓이든, 누가 누구를 무슨 이유로 모함했든, 그 표적이 되면 결코 죽음을 면치 못했다.

문밖에서 흘러드는 끔찍한 소식들은 보이지 않아도 실재하였고 지독한 공포가 다섯 남매를 옥죄었다. 남매는 살아남기 위해 똘똘 뭉쳐 버텨낼 수밖에 없었다. 그렇게 의지할 수 있는 유일한 이는 서로밖에 없다고 여겼다.

"누구에게도 속내를 말하지 마라. 되도록 누구도 만나지 말고 누굴 만나더라도 함부로 말을 섞어서는 아니 된다. 그 말이 씨앗이 되어 큰 화를 당하게 될 수도 있음을 절대 잊어서는 아니 되느니라."

큰 오라비인 효덕태자는 늘 동생들의 안위를 걱정했다. 특히 왕족이면서 사내인 그 형제는 자칫 역모에 엮여 몰살당할 위험도 있기에 늘 경계하라는 말을 입에 달고 살았다.

그러던 어느 날, 굳게 닫힌 그네 집을 두드리는 이가 있었다. 한동안 대문 여닫는 소리조차 듣지 못했던 터라, 남매들은 바짝 긴장해 있었다.

"명복궁 대부인이십니다. 문을 열어주시오."

대문 밖에서 호종하는 이의 외침이 있고 나서야 문이 열렸다. 친조모이자 왕건의 제4비인 명복궁 대부인이 부리는 이들을 이끌고 집 안으로 들어왔다. 대부인은 자신을 귀신 보듯 하는 다섯 남매를 어리둥절한 표정으로 바라보았다.

"어찌 이리 두려움에 떨고 있누? 왜 미리 연락하지 않았느냐 말이다."

"세상이 미쳐 돌아가고 있습니다. 저희가 누굴 믿어 도움을 청할 수 있었겠사옵니까?"

다른 남매들이 답하지 못하고 머뭇거리고 있는 사이, 어린 헌애왕후가 분명한 말투로 대부인의 물음에 답하였다. 명복궁 대부인은 잠시 헌애왕후를 눈여겨보았다. 영민한 눈빛, 단호한 입매가 먼저 떠난 아들 왕욱과 꼭 닮아 있었다. 어찌 들으면 감히 금상의 정책을 대놓고 비난하는 것처럼 들렸지만, 대부인은 그렇게 듣지 않았다. '조금 더 빨리 찾아주셨다면 어린 마음에 상처가 덜되었을 텐데….' 하는 투정으로 들어 안타깝게 생각했다. 또한 헌애왕후의 거침없는 말투에 호감을 느꼈을 뿐이다.

"이 할미가 많이 늦은 게로구나."

대부인은 헌애왕후에 이어 남매들을 하나하나 보듬어주었다.

"이제 이 할미가 너희와 함께 할 것이니 걱정하지 말거

라. 내가 너희를 지킬 것이다."

대부인은 그들 다섯 남매를 명복궁으로 데리고 가 살뜰히 보살피고 키우기 시작했다. 태조의 정비는 아니었지만, 친가가 황주의 막강한 호족 가문이었으며, 딸인 대목왕후가 금상인 광종의 비였다. 광종의 피바람으로부터 최소한의 바람막이가 되어줄 수 있는 자리에 있었다.

대부인은 다섯 남매 모두에게 경제적·학문적인 지원을 아낌없이 쏟아 부었다. 형제에게는 오랫동안 학문을 연구해온 명망 높은 학자를 붙여 유교 학문을 비롯한 불교 경전, 외교, 정치 전 분야에 걸쳐 학문을 가르쳤고, 자매에게는 그에 더해 황궁에서 은퇴한 원로 상궁까지 자주 불러 여인의 덕목, 황실의 예법까지 가르치도록 하였다. 왕과 왕후의 실질적인 덕목을 가르치려는 의도가 분명했다.

대부인은 특히 둘째인 개령군 왕치와 헌애왕후를 눈여겨보았다. 왕치는 성정이 곧고 몸가짐이나 행동이 번듯하고 의젓하였으며 책 읽기를 좋아하여 대견한 아이였다. 아버지 대종 왕욱의 개령군 작위를 세습 받은 이도 장남이 아닌 차남인 그였다. 중국의 학문인 성리학에 정통하여 법도에도 밝으니 나무랄 데가 없었다.

헌애왕후 역시 마찬가지였다. 왕치와 함께 불경뿐 아니라, 사서오경을 줄줄 외울 정도로 학문에 조예가 깊었다. 판단이 빠르고 거침없는 성격도 어느 사내 못지 않았다. 뭘 해도 해낼 만한 재원으로 보였다.

대부인의 역량은 다섯 손주를 키우는 것에만 국한되지 않았다. 아무리 친딸이라 하여도 함부로 알현을 청하였다가는 의심받을 수 있는 시절이었으니, 가문의 제사나 팔관회, 연등회 등의 행사가 있을 때마다 대목왕후를 청해 넌지시 금상에 대한 조언을 건네곤 하였다. 광종이 귀족들을 상대로 노비안검법을 강제로 시행할 적에도 마찬가지였다.

"노비를 풀어주다니, 설마 금상께서는 귀족들의 반발이 얼마나 클지 모르고 계신 것은 아니겠지요. 빚을 져 노비가 되었든, 배가 고파 양민임을 포기하였든, 노비는 그들의 재산과 같습니다. 황후께서 폐하를 말리셔야 합니다. 이대로 가다가 자칫 역성혁명이라도 일어날까 심히 두렵습니다."

　대목왕후 역시 그로 인한 여파를 심각하게 근심하고 있던 터라 광종에게 몇 차례 간언한 바 있었다. 하지만 광종의 의지는 단호하였다. 그는 두 선대왕(혜종, 정종)이 호족들의 왕위 쟁탈 음모 때문에 늘 죽음을 업고 살아야 했던 사정을 누구보다 잘 알고 있었다. 자신의 보좌가 다른 이복형제들의 먹잇감이 되길 바라지 않았던 광종은, 무엇보다 중앙집권적인 왕권의 강화를 통해 수많은 호족의 권력을 억누르려고 하였다.

　쌍기가 제안한 과거제를 시행한 것도 그러한 왕권 강화의 한 방편이었다. 성리학에 정통한 신진 세력을 관리로 등용함으로써 당연히 음직을 이어오던 호족들의 세력을 누르고 자신의 사람들로 채워나가려고 하였다. 그리고 이어진 것이 반발 세력에 대한 '피의 숙청'이었다.

　참소하는 이들의 말은 그저 빌미에 불과했다. 자신의 영지에서 왕 노릇을 하며 권세를 누리는 것도 부족해, 더 나아가 고려 황제에게 대척하여 자신의 핏줄을 왕위에 올리려는 음모를 꾀하는 역모자들의 싹은 애초에 잘라내야 했다. 그 결과, 고려 왕조의 건립 초기에 3,200명에 달하던 호족 중에서 남은 이들은 불과 40명이 채 되지 않았다.

하지만 피의 숙청이 거듭되면 될수록 광종의 광기는 누구도 믿지 못하는 불신으로 이어졌다. 그는 마치 주변 모든 이가 자신에게 칼을 겨누고 있는 것마냥 경계하기 시작했다. 심지어 대목왕후와의 사이에서 태어난 자신의 아들 왕주마저도 믿지 못하고 멀리 하였다.

그러한 상황에서 대목왕후의 주청으로 헌애왕후와 헌정왕후가 나란히 왕주의 태자비로 국혼을 치르게 되었다. 셋째·넷째 비였지만, 제1비인 경순왕의 딸 헌숙왕후 김씨나, 제2비인 문원대왕 왕정의 딸 헌의왕후 유씨를 능가하는 가문의 위세를 업고 들어간 셈이었다. 이 모든 것에는 대목왕후의 어머니인 명복궁 대부인의 치밀한 계산이 숨어 있었다.

광종에게는 장남 왕주 외에 차남 효화태자, 그 외 천추전부인, 보화궁부인, 차후 성종의 제1비가 되는 문덕왕후, 이렇게 2남 3녀의 자식이 있었다. 그중에서 차남인 효화태자가 요절하였으므로 대를 이을 태자라고는 왕주 하나뿐이었다. 광종이 아무리 아들에 대한 믿음조차 없는 냉혈한이라 할지라도 하나 남은 자신의 아들을 해할 수는 없었을 터. 명복궁 대부인은 그러한 왕주에게 두 손녀를 나란히 시집 보냄으로써 후일을 도모하고 개령군을 포함한 세 손자를 지켜내려고 한 것이다.

이렇듯 '피의 군주'로 불리며 왕권 강화를 위한 개혁에 열을 올렸던 광종은 975년 병을 앓다가 승하하였다. 이어 그의 아들 왕주, 즉 경종이 20세의 나이로 왕위에 올랐다. 자는 장민(長民)이다. 당시 헌애왕후는 고작 11세에 불과했다.

경종의 실정

헌애왕후가 태자비에서 왕후로 신분이 상승하였다 하여 그녀의 처지가 달라질 것은 없었다. 자신을 포함하여 왕후만 넷이오, 직첩을 받은 후궁도 한 명 있었다. 모두 근친혼 내지 족내혼이었다. 29명의 여인과 혼인한 태조에 비할 바는 아니겠지만, 그 외 왕이 손만 뻗으면 닿을 곳에 있는 모든 여인이 그의 차지였다. 아직 어려서 사내를 휘어잡는 심리적 술책이나 방중술조차 익히지 못한 그녀가 왕을 오롯이 차지하기는 무리였다. 경종이 자신에게 내린 전각에 머물면서 기다리고 인내하는 것 외에 자신이 할 수 있는 일은 없었다. 그것이 왕실의 법도이고, 왕후가 가져야 할 덕목이라는 사실을 이미 배워 알고 있었기에 어린 그녀는 이를 감내해야 했다.

광종이 자신의 재위 기간에 많은 사람을 죽이면서까지 중앙집권적 국가의 기틀을 다져놓은 후 경종이 왕위에 오르자 모든 이의 기대를 한 몸에 받게 되었다. 경종의 재위 초기 1년간은 호족 출신의 정치가인 왕선이 집정으로 대리청정했다. 모두가 '이제야 처절한 숙청이 멈춰지겠구나' 하고 안도의 한숨을 쉬었다. 그런데 또 다른 문제가 생겼다.

경종은 왕선의 제안에 따라 '복수법'을 시행하였다. 광종 대에 무고하게 숙청당한 이들을 위로한답시고 그들의 복수를 허용하였던 것이다. 이로써 누군가에게 참소당하여 죽은 이의 자손들이 참소한 이들을 죽일 수 있게 되었다. 그렇게 복수를 당한 이들은 또 억울하다며 칼을 들어 복수하려고 하였다. 복수에 복수가 이어지면서 피의 숙청 못지않은 사건들이 연일 발생했다.

더욱이 왕선에게 의뭉스러운 의중이 있어서 복수법을 제안했음을 알게 되었다. 다름 아닌, 왕선 자신이 고려 왕족을 살해하였던 것이다. 왕선은 복수법을 빌미로 거짓 왕명을 내세워 천안부원낭군과 진주낭군을 살해하였다. 천안부원낭군은 태조와 제11비인 천안부원부인 임씨와의 사이에 태어난 왕자로 효성태자라고 불리던 인물이었으며, 진주낭군은 태조와 제10비인 숙목부인과의 사이에서 태어난 원녕태자였다. 두 왕자는 모두 경종의 숙부였다. 문헌에 왕선이 두 태자를 시해한 이유는 언급된 바가 없다. 다만, 가족 중에서 누가 천안부원낭군과 진주낭군으로부터 참소를 당했거나, 광종의 개혁 정책에 반대하다가 그들에게 무고를 당하지 않았을까 하는 추측을 할 수 있을 뿐이다.

왕족의 죽음을 목도한 경종은 당황하지 않을 수 없었다. 그에 재위 원년 11월, 왕선을 외방으로 내쳤다. 그렇게 무모하게 시행된 '복수법'은 금지되었다. 왕선 이후로는 그가 혼자 맡았던 집정 자리를 좌우 집정으로 나누어 서로 견제하도록 하였다. 순질과 신질이 각각 좌집정, 우집정으로 임명되었으며 모두 내사령을 겸하였다. 다시금 왕족들이 죽어 나가고서야 과거로부터 비롯된 피의 복수극이 끝났던 것이다.

경종은 이후 송나라와의 외교에 박차를 가하는 한편, 전시과를 정하여 인품에 따라 전지와 시지를 차등 있게 지급하였다.

귀순한 발해 사람 수만 명을 받아들이면서 외부인 융화 정책에 힘쓰기도 하였다. 왕건 재위 17년(934년) 발해의 마지막 태자인 대광현이 무리 수만 명을 거느리고 귀순한 이후 지속적으로 벌어진 일이었다.

발해는 고구려인 대조영이 고구려 유민과 말갈족을 모아 세운 나라로 고구려가 멸망한 이래 우리 역사상 가장 큰 영토를 차지한 대국으로 성장하기도 하였다. 하지만 926년 거란에 의해 멸망하였다. 후백제와의 전쟁을 치르는 데 온힘을 쏟느라 발해의 지원 요청을 받아들이지 못했던 왕건은, 이후 훈요 10조에서조차 거란을 '짐승과 같은 나라'라 지칭하며 그 풍속을 본받지 말 것을 당부한 바 있었다.

왕건이 적대했던 거란은 당시 동북아에서 가장 강한 나라로 성장하고 있었다. 907년 당나라 멸망 이후, 질라부의 야율아보기가 거란의 여러 부족을 통합하였다. 그는

916년 자신을 천황제라 칭하고 거란국을 건국하였다. 이후 탕구트와 위구르 등의 부족들을 제압하여 외몽골에서 동투르키스탄에 이르는 방대한 지역을 차지하였다. 926년에는 발해를 멸망시켜 만주 전역을 지배하기에 이르렀다. 이때 발해의 옛 땅에는 동란국(東丹國)이 건국되었고 야율아보기의 맏아들인 야율배가 통치하였다. 947년 거란은 국호를 '대요(大遼)로 바꾸었으며, 1125년에 여진족이 세운 금나라의 공격을 받아 멸망할 때까지 210년 동안 아시아 북방 일대의 최강자로 군림하였다.

그 와중에 거란은 고려와의 친교를 청하며 낙타 50마리를 보낸 바 있었다. 942년, 태조 재위 25년의 일이다. 하지만 왕건은 이를 받아들이지 않았다. 낙타 50마리를 만부교에 묶어 굶겨 죽이고 사신 30명을 모두 섬에 유배시켰다. '만부교 사건'이라 불리는 사건이었다. 훈요 10조 외에도 거란에 대한 왕건의 반감이 얼마나 컸는지를 알 수 있는 대목이다. 이런 태조의 유훈이 대를 이어 지켜졌으니 후대에 이어질 거란과의 전쟁은 필연적이었던 셈이다.

혜종 이후 반복되었던 왕좌를 차지하기 위한 음모는

경종 대에도 계속되었다.

980년 천문학자 겸 관료였던 최지몽이 경종에게 역모의 조짐을 아뢰었다.

"혜성이 제왕의 자리를 범하였으니, 바라옵건대 왕께서는 숙위군을 신칙(申飭, 단단히 타일러서 경계함)하고 경계하셔서 예상치 못한 변고에 대비하옵소서."

최지몽의 예견대로 왕승 등이 역모를 꾀하였다. 그 일이 발각되자 왕승 등은 처형되었다. 경종은 최지몽에게 어의와 금대를 내려주고 내의령으로 임명하였다.

최지몽은 왕건 이후, 성종 대까지 왕을 지근거리에서 모셨던 천문학자 겸 관료였다. 혜종 때 왕규가 벽을 뚫고 침전에 잠입할 것까지 미리 알아, 거처를 옮기도록 하는 등 왕규의 난을 예견하고 미연에 방지하도록 한 것도 바로 최지몽이었다. 광종 때에는 귀법사에 행차한 왕을 호종하던 중, 취중에 경거망동하여 11년 동안 외걸현에 유배되기도 하였다.

하지만 경종은 복수법의 실패에 이어 왕승의 역모까지 겪으면서 무력함을 느낄 수밖에 없었다. 자칫 왕의 권력을 잘못 휘둘렀다가는 간사한 자의 말에 속아 많은 이를 죽게 할 수도 있고, 믿었던 이에게 목숨을 빼앗길 수도 있다는 사실에 환멸을 느꼈다. 그는 즐기지 않던 술을 마시게 되었고, 여인들을 침소에 불렀으며, 그 외 시간은 바둑을 두는 것으로 소일하였다.

어린 헌애왕후와 헌정왕후에게는 여전히 외롭고 고신한 시간들이 될 수밖에 없었다. 당시 왕실에서는 자매가 나란히 한 남자의 아내가 되는 일이 흔했다. 이런 경우 서로 간에 투기심도 있었겠지만 같은 처지에 서로 위로가 되고 의지가 될 수밖에 없었다. 주변의 모든 사람이 친족, 외족(外族, 어머니 쪽의 일가)이었지만 믿을 사람은 오직 키워준 할미와 한 부모 밑에서 태어나 자란 남매들뿐이었기에 살벌한 왕실에서의 고충을 헌정왕후와 공유하며 버텨나갔다.

다행히 헌애왕후는 경종 5년(980년), 왕의 유일한 왕자인 송을 낳았다. 왕실은 오랜만에 큰 경사를 맞아 대대적인 축하 분위기였다. 경종도 잠시 아기를 보기 위해 헌애왕후의 전각을 자주 드나들었다. 그만큼 헌애왕후의 위상이 급부상하였다. 왕후라 할지라도 왕자를 낳지 못하면 왕자를 낳은 후궁만 못한 게 왕실의 암묵적인 법도였다. 하물며 왕후 중에서도 유일하게 아들을 낳았으니 그 위세를 따로 언급할 필요가 없을 정도였다.

그녀를 경종에게 시집 보낸 명복궁 대부인 또한 누구보다 크게 기뻐하였다.

"감축드리옵니다. 큰일을 해내셨습니다. 암요. 왕후의 덕목은 뭐니뭐니해도 왕실의 대를 잇는 훌륭한 자손을 낳는 것이지요."

"송구하옵니다, 마마. 늦었지만 이제야 제 역할을 한 것 같아 저도 기쁩니다. 다만…."

헌애왕후의 낯에 그늘이 드리워지는 것을 대부인은 놓치지 않았다.

"다만? 무슨 근심이라도 있으십니까?"

"폐하께서 많이 위축되신 듯하여 실로 걱정이 큽니다."

명복궁 대부인은 헌애왕후의 근심을 충분히 이해할 수 있었다. 경종이 재위 초와는 달리 정치에 염증을 느껴 국정에 소홀한 상태에서 아들 송이 장성하기 전에 죽기라도 한다면 이는 더 큰 문제가 될 수 있었다. 선왕의 장자임에도 나이가 어려 왕위에 오르지 못하고 밀려났다가 결국 죽임을 당해야 했던 홍화궁군이나 경춘원군의 꼴이 되지 말란 법이 없지 않은가.

대부인은 헌애왕후를 진심으로 위로하였다.

"폐하께서 정사를 멀리하고 계신 것은 사실이나, 온량하고 어질고 덕이 많은 분이 아니십니까? 후사까지 보셨으니 분명히 달라지실 겁니다. 이러한 때일수록 왕후께서 폐하의 고충을 이해하고 따뜻한 마음으로 어루만지신다면 반드시 제자리로 돌아오실 것입니다."

헌애왕후의 바람 또한 그러하였기에 왕을 보필하는 데 더욱 심혈을 기울였다. 하지만 기쁨과 노력도 잠시, 경종은 아들이 태어난 바로 다음 해 병을 앓더니 얼마 되지 않아 사망하였다. 명복궁 대부인이 우려했던 일이 벌어지고 말았던 것이다. 송이 태어난 지 1년 2개월 만의 일이었다.

경종은 사망 직전, 어린 송이 아닌, 사촌동생인 개령군을 불러 왕좌를 물려주며 유조를 남겼다.

"(전략) 내가 사대의 위업을 잇고 삼한의 패권을 받아 산천 토지를 보전하게 되었으며 종묘와 국가를 편안히 하기에 노력하여 날이 갈수록 더욱 조심스럽게 지나온 것이 전후 7년이었다. 이로 인한 피로가 그만 병이 되었다.

이제 내가 지었던 짐을 벗음으로써 정신을 쉬게 하고자 하며 후계자에게 왕위를 전하여 근심을 잊으려 한다. 정윤 개령군은 나라를 다스릴만한 현명한 종친으로서 내가 사랑하는 사람이다.

그는 반드시 조상의 위업을 받들고 국가의 큰 기초를 보전할 수 있을 것이다. 너희 공경재상들은 내 동생을 극진히 보호하여 길이 우리 큰 나라를 편하게 하라. (중략)

내가 죽은 뒤에 상복을 입는 기간과 경중은 한나라 제도에 따르되 하루를 한 달로 계산하여 13일 만에 소상, 26일 만에 대상을 지내고 왕릉제도 될 수 있는 한 검약하게 하라.

서경, 안동, 안남, 등주 등 모든 지방의 방비 임무를 맡아 병권을 가진 자들은 그 책임이 가볍지 않으니 어찌 잠시라도 자기 임지를 비우겠는가. 이들이 임지를 떠나서

대궐로 올라오는 것을 허락하지 말 것이며 각기 임지에서 사흘 동안씩 애도식을 거행하고 복을 벗게 하라."(『고려사』)

경종의 유조는 대략 다음과 같다. "국사를 돌보느라 병을 얻었다. 개령군에게 왕위를 선양할 것이니 잘 보필하라. 장수들이 임지를 벗어나 장례식에 참석하지 못하게 하여야 하며, 장례는 검소하게 치르라." 이는 경종에 대한 일반적인 평가와는 달리 나라를 위하는 심정이 잘 드러난 부분이라고 볼 수 있겠다.

그렇게 경종의 남은 비들은 모두 남편이 왕 위에 오른 지 6년 만에 과부 신세가 되었다. 헌애왕후와 헌정왕후의 친오라비인 개령군 왕치가 다음 보위에 올랐다. 이가 곧 제6대 왕 성종이다. 981년의 일이다.

왕실을 뒤집어 놓은 첫 번째 사통 사건

성종(成宗)의 휘는 치(治)요, 자는 온고(溫古)다. 태조의 일곱 번째 아들인 대종 (왕)욱의 둘째 아들이며, 어머니는 선의왕후 유씨다. 타고난 자질이 엄격하고 정직하였으며 인품과 도량이 너그럽고 웅대하였다. 법을 세우고 제도를 정하여 절의를 높이 권장하고 어진 이를 구하여 백성을 사랑하니, 정치에 볼만한 점이 있었다. 16년간 재위하였는데 수는 38세였다. (『동국통감』)

성종에게는 두 누이(헌애왕후, 헌정왕후) 말고도 두 형제(형 효덕태자와 아우 경장태자)가 더 있었다. 경종의 아들이 어리다 하여 굳이 사촌 중에서 첫째도 아닌, 둘째 왕치를 개령군에 봉하고 다시 왕위에 올린 이유는 학문에 밝고 인품이 뛰어나다는 것 때문만은 아니었다.

성종에게는 3명의 비가 있었다. 제1비인 문덕왕후 유씨, 제2비 문화왕후, 제3비 연창궁부인이 그들이다. 그중에서 첫째 문덕왕후는 성종과의 결혼이 초혼이 아니었다. 왕건의 제7비 헌목대부인 평 씨 소생인 수명태자의 아들 홍덕원군 왕규에게 출가하였다가 성종에게 재가하였다. 광종과 대목왕후의 소생으로 경종과는 남매지간이다. 즉, 성종은 광종의 사위이자 경종과는 처남 매부지간이 된다. 사위에게도 똑같이 대를 이을 계승권이 주어지는 고려였던 만큼 그가 왕위에 오른 것이 하등 문제될 것은 없다는 의미다. 오히려 태조의 여러 혈육 중의 한 명이면서도 장인이 선왕이었기에 처가 덕을 톡톡히 본 셈이다.

태조 이후 왕위 쟁탈 혼란기를 거쳐 광종 대에는 왕권이 강화되고 성종 대에 수성기에 이르렀다. 관제가 정비되고, 유교를 나라의 기본 정치 이념으로 채택하여 합리적인 국가 운영 체제의 기틀을 마련하였다는 점에서, 성종의 업적을 조선 성종의 업적과 비교하기도 한다.

성종은 "임금의 덕은 오직 신하들이 어떻게 하느냐에 달려 있다. 짐이 새로이 모든 국무를 총괄하매 혹시 잘못된 정사가 있을까 두려우니, 경관 5품 이상은 각기 봉사(封事)를 올려 시정의 득실을 논하라.(『동국통감』)"라고 할 정도로 귀를 열어 신하들의 소리를 들으려고 노력하였다.

이에 정광 행선관어사 상주국 최승로는 '시무 28조(時務二十八條)'를 성종에게 올려 사회 전반적으로 시급하게 시정해야 할 문제점들을 지적하였다. 시무 28조의 내용으로는 사찰의 고리대업을 금지하고, 연등회와 팔관회 때 백성들의 노역을 줄이라고 하는 등 불교계 폐단을 지적한 것을 비롯하여 불교를 억제하고 유교를 일으키라는 종교 문제, 상벌을 공정히 하라는 공정성 문제, 왕실 사람들을 호위하는 군졸의 수를 줄이라는 왕실 재정 문제, 중국과의 사사로운 무역을 금하라는 교역 문제까지 왕실과 사회 전반적으로 시정해야 할 28가지점에 관한 내용이 실려 있었다. 성종은 이를 흔쾌히 받아들여 국가 정책에 십분 활용하였으며 최승로를 중임하여 유교를 국가 기반 이념으로 세우는 일에 힘을 실었다.

하지만 왕실에 이러한 유교적 분위기가 팽배해 있는 상황에서 이에 반하는 엄청난 사건이 터지고야 말았다. 두 선대 왕후의 연이은 사통 사건이 그것이었다.

아들이 없었던 성종은, 외조카이자 경종의 아들인 왕송을 궁 안에서 키웠다. 또한 내서랑 김승조로 하여금 왕송에게 학문을 가르치도록 하였다. 재위 9년째 되는 990년에는 왕송을 자신의 뒤를 이어 개령군에 봉하고 후계자임을 천명하였다. 헌정왕후가 경종 사후, 왕륜사 남쪽의 사택으로 나가 살았던 것에 반해, 송의 어머니인 헌애왕후는 숭덕궁에 머무를 수 있었다. 이는 성종이 왕송을 '숭덕궁 적자'라 부른 이유이기도 하다.

숭덕궁의 위치는 정확히 문헌에 나온 바 없으나, 개경에 있었을 것으로 추측되며 헌애왕후가 사망하기 전 황주에서 이곳으로 옮겨 마지막 세월을 보낸 것으로 알려져 있다.

헌애왕후가 열여덟 살 꽃다운 나이에 남편을 잃고 공규(空閨, 오랫동안 남편 없이 아내 혼자서 사는 방)가 되어 버린 숭덕궁에서 버틸 수 있었던 것은 단 두 가지 이유 때문이었다. 왕좌를 차지하려는 치열한 암투 속에서 왕송을 무사히 지켜내야 한다는 일념, 그리고 한없는 외로움을 다스리는 데 힘이 되어주는 부처님 말씀이 그것이었다. 특히 헌애왕후는 독실한 불교 신자였다. 그녀의 외가인 황보씨 가문은 화엄종파를 비호한다고 알려져 있었다. 모든 실의와 번민을, 하나뿐인 자식에 대한 애정과 종교의 힘으로 버텨내려고 노력했던 것이다.

그렇게 허허로운 세월을 하루하루 버텨내고 있던 어느 날의 일이다. 헌애왕후는 화엄종파의 한 절을 찾았다.

부처님 앞에 108배를 하고 나왔지만 그녀의 기분은 여전히 우울했다. 물가로 내려와 앉으니 한숨만 더 나왔다.

나무 위의 꾀꼬리도, 물 위의 오리도 한 쌍이오, 한낱 개구리조차 짝을 업고 다니는데 세상에 그녀만이 혼자인 듯하였다.

"어찌 살라고… 나는 어찌 살라고…."

뜨거운 눈물 방울이 수면 위로 뚝뚝 떨어졌다. 끝도 없을 것처럼 퍼져나가는 동심원이 젊고 아름다운 그녀의 낯을 연신 흐트려놓았다.

"무엇이 그리 힘들어 부처님 전에 한숨만 덜고 가시옵니까?"

갑작스러운 사내의 음성에 놀라 돌아보니 장삼을 입은 젊은 승려 한 명이 빙긋이 웃고 서 있었다. 오랫동안 절을 출입하면서 단 한 번도 보지 못한 낯이었다.

헌애왕후는 얼른 흐트러진 옷매무시를 가다듬으며 합장했다.

"스님, 여인네의 한숨에 무슨 큰 의미가 있겠습니까? 고작해야 기구한 처지에 대한 서러움이고, 생에 대한 회한일 뿐이지요."

"부처님께서는 천 칸의 대궐이라도 하룻밤을 자는데 한 칸 방이요, 만석의 땅을 가졌어도 먹는 데는 쌀 한 되뿐이라고 하셨지요."

"?"

"어려운 백성들은 하루 한 끼의 끼니를 목숨과 같이 생각하여, 배부르고 등 따시면 만사에 고통이 없습니다. 한 번 모인 것은 반드시 헤어지는 것이 자연의 이치, 한 번 맺은 인연이 떠났다 하여 연연해하지 마십시오. 세상사 모든 일의 근본은 마음에 있으니 어려운 이들의 고통이 나에게 없음을 먼저 기뻐하셨으면 합니다."

순간 헌애태후의 낯이 두 귓불까지 벌겋게 달아올랐다. 승려의 목소리는 잔잔한 수면 같았지만 그 내용은 날선 칼날 같았다. 많이 가진 자나 적게 가진 자나 어차피 누릴 수 있는 양은 매한가지다. 떠난 인연에 매달려 한숨 지을 여유 있으면 배곯지 않은 것에 감사하라는 따끔한 충고였다. 어디서 경문을 얻어 들었는지 모를 땡추 따위가 부처님 말씀을 인용해 감히 선왕의 비였던 자신에게 훈계하고 있지 않은가. 적잖이 불쾌하고 화가 치밀었다. 하지만 구구절절 옳은 말인 것도 사실이었다. 그게 더 화를 불렀다.

"무엄하다! 어디서 감히…."

그렇게 화를 참지 못하고 내뱉던 헌애왕후의 눈이 번쩍 뜨였다. 낯선 자인 줄 알았는데 그제야 그자를 알아본 것이다.

"그대는…."

스님이 가지런한 이를 드러내 보이며 환하게 웃었다.

"이제야 알아보시겠습니까, 태후마마?"

"설마…."

"어린 시절, 왕태후 마마의 손에 이끌려 소인의 종가에 몇 번 오셨지요. 소인이 말이 되어 여섯 살 어린 공주님을 태워드린 적도 있었는데 말입니다."

"기억하다마다요. 오오, 이런…."

승려는 다름 아닌, 헌애왕후의 외족인 동주(洞州, 서흥) 출신 김치양(金致陽)이었다. 그의 말마따나 조모의 손에 이끌려 외족 종가 행사에 다녀온 적이 여러 번 있었다. 그곳에서 또래인 김치양이 어린 천추태후와 놀아주곤 했었다.

어찌하여 승려가 되었느냐고 물을 필요는 딱히 없었다. 당시 가문에 아들이 셋인 경우, 장자는 대를 잇기 위해 남고, 나머지 두 아들 중 하나는 승려로 출가시키는 경우가 다반사였기 때문이다. 불교를 숭앙하는 만큼 승려에 대한 예우나 특혜가 각별했는데 이 때문에 노비는 감히 승려가 될 수 없었다. 승려들에게 출세의 길을 열어주기 위해 '승과(僧科)'라는 국가시험 제도가 시행되기도 하였다. 사원에는 전지와 노비가 급여되고 면세와 면역의 특권이 주어졌다. 백성들이 시주하는 재물, 토지도 상당했다. 재물은 모두 절의 것이었다. 특히 대사원은 대토지도 소유할 수 있었다. 그만큼 승려의 사회적 지위가 높았으며 승려가 되는 것을 영예롭게 여겼다는 것을 의미한다.

결국 그런 특혜가 폐단을 낳았다. 사원의 무리한 확대와 사찰의 난립에 이어 고리대업까지 횡행하였다. 이는 고려 말 성리학이 자리를 잡으면서 조선시대에 불교를 배척하게 되는 근본적인 원인이 되기도 하였다.

잠시 헌애왕후와 김치양의 만남을 이야기로 꾸며보았을 뿐, 어찌 만났는가에 대한 자세한 내용은 그 어떤 문헌에도 나와 있지 않다. 다만 성종이 경종의 뒤를 이어 왕위에 오른 그 어느 때부터인가, 승려의 모습을 한 김치양이 천추전을 자주 드나들면서 추문이 일기 시작했다는 기술이 있을 뿐이다.

처음에는 헌애왕후가 마음을 다스리기 위해 부처님의 말씀을 자주 청한다고만 여겨졌으리라. 헌애왕후의 외족이라 하니 의심의 여지도 없었으리라. 하지만 드나드는 횟수가 빈번하고 주고받는 눈길도 야릇하니 의심하는 이들이 생기기 시작했다. 급기야 궁 안에 추잡한 소문이 돌았다. 김치양은 본시 스님이 아니며, 일부러 머리를 깎고 스님 행세를 하면서 헌애왕후의 처소에 드나든다는 소문이었다.

소문은 삽시간에 퍼져 성종의 귀에까지 들어갔다. 성종은 국교인 불교를 밀어내고 유교를 나라의 정치 이념으로 채택한 왕이었다. 그날의 잡기들이 유교 이념에 어긋날 뿐 아니라, 번거롭고 소란스럽다 하여 불교의 주요 행사인 연등회와 통일신라 때부터 전통적으로 토속신에게 제사를 올리던 팔관회를 모두 폐지했을 정도였다. 일부종사해야 할 여인이, 그것도 선왕의 왕후였던 여동생이 중 행세를 하는 외족과 사통하였다는 이 사건을 간과할 리 만무했다.

그는 당장 김치양을 잡아다가 곤장을 치고 먼 곳으로 유배 보냈다. 다만, 헌애왕후는 친동생일 뿐 아니라, 선왕의 왕후이자 왕실의 어른인 태후 '격'의 인물이었기에 함부로 벌을 내려 내칠 수는 없었다.

『고려사』 반역 열전에는 김치양에 대해 이렇게 기술되어 있다.

"성격이 간교하고, 양기가 강해 음경에 수레바퀴를 걸 수 있을 정도였다."

김치양을 외설스럽게 표현하고 있지만 기실 헌애왕후의 음행을 비판하는 표현이라 할 수 있다. 아이러니하게도 성종 자신의 제1왕후도 재가한 인물이었다. 당시 왕실에서의 재가는 크게 문제될 것이 없다는 의미다. 그럼에도 성종은 김치양에게 혹독한 벌을 내렸다. 아들이 있는데도 자신에게 왕위를 양위하고 죽은 경종에 대한 의리 때문이었는지는 알 수 없다.

아마도 차기 왕위를 노리는 여러 왕족이 왕위 계승자인 목종을 몰아낼 목적으로 헌애왕후에 대한 소문을 자극적으로 왜곡하여 퍼트렸을 공산이 크다. 성종의 성정이 이를 간과하지 않으리라는 점을 이용하였을 것이다.

문제는 사통이 헌애왕후에서 끝나지 않았다는 사실이다.

현종을 낳은 두 번째 사통 사건

성종의 숙부인 안종(安宗) 왕욱(王郁)의 집에 불이 났다. 왕욱은 왕건과 제5비인 신성왕태후 김씨 사이의 아들로 태조의 여덟 번째 왕자였다. 신성왕태후는 신라 진골 귀족이었던 잡간 김억렴의 딸이자 신라 마지막 왕 경순왕의 사촌 누이였다.

불이 났다는 소식에 놀란 성종은 위로 차 왕욱의 집을 찾게 되었다. 불길을 잡고 잠시 숨을 돌리고 있던 왕욱의 가솔들은 갑작스러운 왕의 행차에 당황하지 않을 수 없었다. 잠시 잠이 들었던 왕욱도 허둥지둥 왕을 맞이하기 위해 방에서 뛰쳐나왔다.

황망해하는 왕욱을 보자 성종은 얼른 위로의 말을 전

하는 것을 잊지 않았다.

"숙부, 어찌된 일입니까? 무사하신 겁니까?"

이때 왕욱의 방에서 뒤이어 나온 이가 있었다. 이를 발견한 성종은 더는 말을 잇지 못하고 말았다. 흐트러진 옷매무시를 서둘러 간추리며 방에서 나온 이가 바로 자신의 여동생인 헌정왕후였기 때문이다. 경종 사후에 황성을 나와 왕륜사 남쪽 사택에서 살던 헌정왕후가, 집이 가까워 자주 내왕하던 숙부 왕욱과 어느새 정을 통하게 되었던 것이다.

이 방화 사건은 두 사람의 관계를 왕에게 알리기 위해 왕욱의 가속이 섶을 쌓고 일부러 방화하였다고 알려져 있다.

가속 중 누가, 무슨 이유로 방화하여 성종을 불러들였을까?

왕욱은 이미 기혼자였다. 부인의 이름이나 출신 가문은 알려진 바가 없다. 다만, 일제강점기인 1930년에 경기도 개성군 판교리 영추산에서 발견된 현화사비(북한 국보 문화유물 제151호)를 통해 그 존재가 알려지게 되었다.

현화사는 1018년(현종 10년) 안종 왕욱의 모친인 신성
왕태후 김씨를 추모하기 위해 세운 원당이다. 그 추모비
에는 창건 연기, 절의 규모, 연중 행사 등을 비롯하여, 현
종의 부친인 안종 왕욱과 모후인 헌정왕후 황보씨, 정비
원정왕후 김씨 및 성목장공주를 함께 추모한다는 내용이
기록되어 있다. 여기서 언급되는 성목장공주가 바로 왕
욱이 첫째 부인과의 사이에서 낳은, 현종의 이복누이다.

성목장공주의 모친이 당시 생존해 있었다면 불륜이
오, 죽었다 하더라도 헌정왕후는 왕욱의 둘째 부인 또는
여인이 되는 셈이다. 이 때문에 현종은 즉위한 후, 헌정왕
후를 효숙왕태후(孝肅王太后)로 추존하면서 왕욱을 그녀
와 함께 추존왕 안종으로 세우게 되는 것이다.

왕욱의 가속이 헌정왕후와 왕욱의 사통 사실을 왕에
게 알리려고 했다는 점으로 보아, 성목장공주의 모친과
관련된 가속 중 누군가가 두 사람의 사통에 앙심을 품고
한 짓이 아닌가 하는 추측을 해볼 수 있다. 또는 '가속'이
라는 단어의 또 다른 의미가 '아내'를 의미하듯 당시 살아

있던 왕욱의 부인, 즉 성목장공주의 모친이 남편의 사통에 억울함을 호소하고자 방화를 하였을 수도 있다. 왕욱의 첫째 부인의 사망 시기에 대한 기록이 전혀 없으니 이러한 추측이 가능할 뿐이다.

성종은 두 여동생의 연이은 사통 사건에 몹시 분노하였다. 이에 왕족인 왕욱 또한 사수현(지금의 경남 사천)으로 유배 보냈다. 헌정왕후는 부끄럽고 한스러운 마음에 목 놓아 울부짖다가 집으로 돌아갔다. 그녀는 당시 만삭의 몸이었다. 대문 앞에 막 도착한 그때 마침 산기가 있어 버드나무 가지를 부여잡고 해산하게 되었다. 헌정왕후는 그렇게 아들을 낳았지만 그 직후에 죽고 말았다. 그 아들인 왕순(王詢)은 그 후 목종에 이어 고려 제8대 왕(현종)이 된다. 992년 성종 11년의 일이다.

『고려사』 후비열전에 헌정왕후가 경종 사후에 꾸었다는 꿈 이야기가 나온다. 그녀가 곡령에 올라 소변을 누었더니 나라 전체에 흘러넘쳐 온통 은빛 바다로 변하는 꿈이었다. 헌정왕후가 이상히 여겨 점쟁이에게 물었다.

"아들을 낳으시면 왕이 되어 한 나라를 다스리게 된다

는 점괘이옵니다."

점쟁이의 말에 헌정왕후는 고개를 갸우뚱했다.

"내가 지금 과부인 터에 어찌 아들을 낳을 수 있겠는가?"

이처럼 소변이 세상에 넘치는 꿈을 선류몽(旋流夢)이라고 한다. 가장 길한 꿈이자 큰 인물을 낳게 되는 태몽으로 알려져 있다. 재물을 의미하는 인분과는 또 다른 상징성이 있다고 볼 수 있다.

물론 잠에 취해 소변을 참다 보면 이와 같은 꿈을 꾸게 되는 경우가 있다. 소변을 누고 싶은 욕구가 있는데도 잠에서 깨지 않을 때 화장실을 찾아다니는 꿈을 내내 꾸기도 한다. 잠재되어 있는 성적 욕구가 그렇게 표현된다고 해석하는 경우도 있다. 하지만 선류몽을 통한 설화는 신체적·정신의학적인 측면과는 다른 해석이라고 할 수 있다.

앞서 왕건의 조부 작제건 탄생 신화에서도 소변이 범람하는 꿈을 꾼 언니로부터 그 꿈을 사게 된 진의가, 언니 대신 당나라 숙종과 관계를 맺어 작제건을 낳았다는 이야기를 언급하였다.

『삼국유사』에도 선류몽에 해당하는 또 다른 인물의 유사한 내용이 수록되어 있다. 우리에게 잘 알려져 있는 신라 김유신의 여동생 문희 이야기가 그것이다.

정작 꿈을 꾼 이는 문희의 언니 보희였다. 서라벌의 높은 산에서 오줌을 누었는데 시내가 물 바다가 되었다는 꿈이다. 꿈이 상서롭다는 것을 눈치 챈 문희는 보희에게 비단 한 필을 주고 꿈을 샀다. 문희도 진의처럼 언니로부터 선류몽을 매몽(買夢)한 것이다.

결국 보희 대신 문희가 김춘추와 사랑을 나누게 되고, 이후 왕위에 올라 태종무열왕(太宗武烈王)으로 불리게 된 그와의 사이에서 삼국통일을 이룩한 문무왕(文武王)을 낳았다.

선류몽을 꾸고 영웅을 낳았다는 설화 내지 신화, 영웅 이야기는 단순히 우리나라에서만 국한하여 나타나는 이야기가 아니다. 다른 고대 왕조에도 이와 유사한 예가 있다. 여러 부족국가로 흩어져 있던 페르시아인들을 대통합하여 최초의 페르시아 왕조인 아케메네스 왕조를 건국하였으며, 지중해에서 인더스에 이르는 방대한 영토를 정복했던 키루스 2세(Cyrus II)의 이야기에도 그의 어머니가 선류몽을 꾸었다는 태몽 이야기가 나온다.

이와 같은 신기하고 이상한 꿈 이야기는 미래를 예측하는 장치로 시작하여 결과적으로 영웅은 운명적으로 태어난다는 꿈의 상징성, 태몽을 이용한 영웅의 신성화를 의미한다.

아마도 현종은 부모가 모두 왕족이기는 하나, 적통과는 무관했던 자신에게 반역할 무리가 생길 수 있어 항상 불안하였을 것이다. 또한 경종의 왕후였는데도 정식 혼인한 바 없는 숙부와 사통하여 자신을 낳았다는 어머니의 불명예를 희석시키려는 의도 또한 다분했으리라. 그로 인해 현종 또는 현종의 혈통을 이은 후대 왕들이 헌정왕후의 꿈 이야기를 꾸며냈을 공산이 크다.

반면 헌애왕후에 대해서는 목종의 어머니로 섭정까지 하며 정치 일선에 나섰던 인물인데도 별반 상서로운 꿈이나, 전해져 내려오는 설화조차 없다. 이는 이후 목종이 정변으로 폐위되면서 천추태후의 상황을 변호하고 보호해

줄 만한 세력이 더는 정권에 닿아 있지 않았음을 시사한
다고 볼 수 있다.

여하튼 성종은 죽은 헌정왕후의 아들을 데려다가 보
모 손에 키우면서 이름을 순(詢)이라 하고 대량원군(大良
院君)이라는 작위를 내렸다. 또한 자신을 '아버지'라 부르
는 순을 안타깝게 여긴 나머지, 유배 중인 왕욱에게 순을
보내주기까지 하였다.

왕욱과 헌정왕후의 관계가 어떠하였는지, 왕욱이 유
배지로 가면서 호송관리를 통해 헌정왕후에게 보냈다는
시가 『고려사』 열전에 한 편 남아 있어 올려본다.

그대와 함께 같은 날 황기(皇畿, 개경)를 나왔건만
그대는 먼저 돌아가고 나는 돌아가지 못하네

가마의 원숭이는 스스로 사슬에 묶인 듯 탄식하고
헤어지는 정자에서 돌아보며 나는 듯한 말을 부러워
하네

제성(帝城, 개경)의 봄빛에 혼이 되어 꿈속에서 오가고

나라의 풍광에 눈물이 옷깃에 가득하구나

성주(聖主, 성종)의 한 말씀 응당 바뀌지 않으리니

가능하다면 물가에서 고기 잡는 노인이 되어 죽게 하
소서

제 3 장

제1차 고려·거란 전쟁

 고려 초 중원은 907년에 당나라가 멸망하고 각지의 무장들이 할거하여 중국 최후의 대분열기라 불리는 5대 10국 시대를 맞이하고 있었다. 같은 시기의 북방에서는 거란 세력이 여진의 일부를 지배하며 세력을 넓혀나가고 있었다. 특히 야율아보기가 거란을 통일하여 칭제하고 '대요'라는 국호를 쓰며 북방 일대의 패권을 장악하기 시작했다. 이때 요나라에 귀화한 여진을 숙여진(熟女眞)이라 하고, 귀화를 거부한 여진을 생여진(生女眞)이라 불렀다.

 거란은 사신을 보내 거듭 고려와의 화친을 청하였다. 고려는 이를 거부한 채 5대 10국의 맹주국인 후주와 친교하였고, 960년 조광윤이 송(宋)을 건국하고 분열된 중원을 통일하자, 다시 송과 친교하였다. 거란을 거부한 이유는, 앞서 언급했듯이 거란이 고려의 형제국인 발해와의 맹약을 어기고 멸망시킨 신의 없는 나라라는 점 때문이었다.

하지만 성종 대의 송에 대한 지나친 사대와 거란의 거듭된 화친 요청에 대한 거부가 거란 침략의 명분이 되었다. 물론 거란으로서는 송과 화친하는 고려를 먼저 제압해야만 안심하고 송을 쳐낼 수 있으리라 여겼던 것이다.

성종 12년(993년) 여름 5월, 서북계 여진의 보고가 있었다. 거란이 군대를 동원하여 침입할 계책을 꾸미고 있다는 내용이었다. 조정에서는 그동안 여진이 송과 고려와의 사이에서 거짓 고변을 하는 등 이간질하는 일이 많았으므로 이를 믿지 않았다.

여진은 가을 8월에 다시 보고를 해왔다. 거란군이 이미 쳐들어왔다는 보고였다. 그제야 성종은 급박함을 깨닫고 당장 여러 도에 병마제정사를 파견하였다. 병마제정사는 병사와 군마의 일을 담당하던 관직의 명칭이다.

성종은 다시 10월에 시중 박양유를 상군사로, 내사시

랑 서희를 중군사로, 문하시랑 최량을 하군사로 각각 임명하여 거란을 방어하게 하였다.

거란의 1차 침입에서 빼놓을 수 없는 것은 뛰어난 언변으로 거란의 소손녕을 제압한 서희의 눈부신 활약일 것이다.

당시 조정에는 싸움도 하기 전에 이미 패배를 인정하는 분위기가 팽배했다. 미리 땅을 떼어주어 달래자는 할지론뿐 아니라, 무조건 항복하자는 항복론까지 나올 지경이었다.

"중신으로 하여금 군사를 거느리고 가서 항복을 청하게 해야 하옵니다."

"서경 이북의 땅을 떼어서 거란에 주고, 황주로부터 절령(자비령)까지 땅을 그어서 국경으로 삼는 것이 좋을 것이옵니다."

이때 성종이 할지론을 받아들이려고 하자, 싸워보지도 않고 땅을 넘기는 것에 대한 부당함을 간한 인물이 바로 서희였다.

"거란의 동경으로부터 우리나라 안북부에 이르기까지

수백 리의 땅이 모두 생여진에 의해 점거되었던 것을 선왕이신 광종 대왕께서 빼앗아 가주와 송성 등에 성을 쌓게 하셨나이다. 지금 거란의 군대가 온 것은 이 두 성을 차지하려는 것에 지나지 않을 것이옵니다. (중략) 지금 그들 군대의 기세가 크게 강성한 것을 보고 갑자기 서경 이북의 땅을 떼어주겠다는 것은 계책이 아니옵니다. 그 밖에 또 삼각산 이북 역시 고구려의 옛 땅인데 저들이 한없는 욕심으로 끊임없이 요구하면 다 줄 수 있겠사옵니까?(중략) 어가를 도성으로 돌리시고 신 등으로 하여금 그들과 한 번 싸워보게 한 뒤에 이를 의논하여도 늦지 않을 것이옵니다."

이처럼 나라의 존망이 걸린 시급한 상황의 고려에서 중신들끼리 피 말리는 논쟁만 거듭하고 있는 사이, 항복에 대한 회보를 기다리다 지친 소손녕이 안융진을 공격하였다. 안융진은 평안남도 문덕군 신리에 있는 토성으로, 973년(광종 24)에 설치한 진이었다.

다행히 중랑장 대도수와 낭장 유방이 소손녕을 상대로 싸워 이겼다. 특히 대도수는 발해 대조영의 종13대손

이었다. 이 전쟁 이후에도 현종 원년(1010년), 거란의 제2
차 침입 당시, 적과 맞서 싸우게 되지만 결국 거란에 투항
해 버리는 인물이다.

여하튼 대도수, 유방과의 싸움에서 패배한 소손녕은
감히 다시 전진하지 못하고 사람을 보내어 항복을 재촉
하였다.

"마땅히 대신을 군영 앞에 다시 보내어 면대하게 하
라!"

초조해진 성종이 여러 신하를 모아놓고 물었다.

"누가 능히 거란 진영으로 가서 언변으로 적병을 물리
치고 만세의 공을 세우겠는가?"

갑자기 좌중이 조용해졌다. 여러 사신이 가서 화친
을 청해도 소손녕은 오로지 항복만을 요구하였다. 게다
가 안융진 전투에서 고려가 소손녕을 패퇴시켰기에 그의
심기는 매우 불편해져 있었다. 자칫 실수하여 소손녕의
심기를 더 자극한다면 사신의 목이 달아날 수도 있는 상
황이었다. 대신들은 서로의 눈치만 볼 뿐 아무도 응답하
지 못했다.

이때, 서희가 의연한 표정으로 한 발 앞으로 나섰다.

"신이 비록 불민하오나 가기를 청하옵니다."

그제야 성종의 입에서 안도의 한숨이 흘러나왔다.

서희의 담판

서희는 광종의 개혁 정치를 지지하여 신임을 얻은 바 있는 내의령 서필의 아들이었다. 부친을 닮아 성품이 강직하고 신중하였다. 18세에 갑과에 발탁될 정도로 학문에 탁월하였으며 그 또한 벼슬이 태보 내사령에 이르게 되는, 고려 초의 명신이며 광종의 과거제로 등용된 대표적인 인물이기도 하다.

성종 대에 서희의 곧은 성품이 잘 드러나는 일화가 있어 잠시 옮겨본다. 공빈령 정우현이 임금에게 글을 올려 시정을 바라는 일곱 가지 일을 논한 것이 오히려 성심을 거슬렀다.

이에 성종이 재신들을 모아놓고 정우현에게 벌을 주

려고 하였다.

"정우현이 감히 제 직분 밖의 일을 논하였으니, 이를 죄 주는 것이 옳지 않은가?"

모두가 왕의 말을 당연히 따르려고 하였다. 하지만 서 희만이 홀로 간하였다.

"예로부터 간하는 것은 관직이 없어도 직분 밖의 일을 말할 수 있었는데, 어찌 죄가 되겠습니까? 신이 재주가 없 는 사람으로 외람되게 재상의 자리에 있어서, 말할 만한 일이 많았음에도(하지 못하였건만), 정우현이 정사에 대 해 논한 것이 오늘날 병폐에 매우 합당하였으니 신이 죄 를 받아야 하고 정우현에게는 상을 주어야 합니다."

이에 성종이 감동하여 정우현을 감찰어사로 발탁하는 가 하면, 깨달음을 준 서희에게는 안장 없은 말과 술, 과일 을 내렸다.(『동국통감』)

이렇게 성품이 강직한 서희가 왕의 친서를 받들어 소 손녕의 진영으로 향하게 되었다. 서희가 통역하는 자를 시켜 상견례 절차를 물어보게 하였으나 소손녕은 오만불 손하게 대꾸하였다.

"나는 대조의 귀인이니 의당 뜰에서 절을 해야 한다."

서희는 고개를 저었다.

"신하가 임금에 대해서라면 아래에서 절을 하는 것이 예의겠지만, 두 나라의 대신이 서로 만나 보는데 어찌 그와 같이 할 수 있겠는가?"

이후 통역하는 자가 두세 번 더 오갔으나 소손녕이 허락하지 않았다. 화가 난 서희는 관소로 돌아가 벌렁 눕더니 일어나지 않았다. 그제야 상국의 대접을 톡톡히 받아 내려고 했던 소손녕은 서희가 당에 올라와 예를 행하는 것을 허락하였다.

소손녕이 서희를 대면하여 말하였다.

"그대의 나라는 신라 땅에서 일어났고, 고구려의 땅은 우리의 소유인데 그대의 나라가 (우리나라를) 조금씩 잠식해 들어오고 있다. 또 우리와 국토가 연접해 있으면서 바다 건너 송나라를 섬기니, 대국이 이 때문에 와서 토벌하는 것이다. 이제라도 땅을 떼어 바치고 서로 사신을 주고받는다면 무사할 수 있을 것이다."

이에 서희가 답하였다.

"우리나라는 곧 고구려를 계승한다. 그러한 까닭에 국호를 고려라 하고 평양에 도읍한 것이다(기록은 그러하나 실제 고려의 수도는 개경이다.). 만약 땅의 경계를 논한다면 상국(거란)의 동경도 모두 우리의 경계 안에 있는데 어찌 그것을 잠식해 들어간다고 할 수 있는가? 그 밖에 압록강의 안팎도 역시 우리의 경내인데, 지금 여진이 그 사이에 부당하게 점거하여 완악하고 교활하게 변덕을 부리면서 길을 막고 있어 급기야 바다를 건너서 가게 하였으니, 조빙(朝聘, 신하가 조정에 나아가 임금을 만나는 일과 나라와 나라 사이에 서로 사신을 보내는 일)을 하지 못한 것은 여진 때문이다. 만약 여진을 쫓아내고 우리의 옛 땅을 다시 찾아 성보를 쌓고 도로를 통하게 한다면 감히 조빙을 하지 않겠는가? 장군이 이를 신하의 말로 황제에게 아뢴다면, 어찌 딱하게 여겨 받아들이지 않겠는가?"

소손녕은 서희의 뜻밖의 답변에 당황할 수밖에 없었다. 그의 말에 합당한 부분이 있음을 인정할 수밖에 없었다. 7일 동안 이어진 두 사람의 담판은 결국 서희의 승리로 끝났다. 소손녕은 더는 억지를 부리지 못하고 거란 조정에 서희의 말을 전달하였다. 황제는 화친을 받아들이고 군대의 철수를 명하였다.

이때 서희의 성공적인 담판으로 인해 고려는 그동안 여진이 점거하고 있던 강동 6주를 얻을 수 있게 되었다. 흥화진(평안도 의주)을 비롯하여 통주, 구주, 곽주, 용주, 철주가 그것으로, 압록강 하류와 청천강의 중간 지역에 해당한다. 이로써 청천강에서 영흥까지였던 고려의 국경선이 압록강에서 영흥으로 확대되었다.

더하여 소손녕은, 노곤한 병사들을 염려하며 연회를 거절하는 서희를 붙들고 함께하기를 종용하였다. 서희는 이를 마지못해 받아들였는데, 소손녕은 그가 돌아가는 길에 낙타 10마리, 말 1백 필, 양 1천 두, 무늬 놓은 옷감을 합쳐 5백 필을 주었다. 서희의 담대함과 언변에 크게 감동하였기 때문이다.

성종이 크게 기뻐하며 직접 강가로 나가 서희를 맞았다. 이어 박양유를 예폐사로 삼아 거란 황제를 알현케 하려고 하였다. 서희가 다시 이를 반대하였다. 아직 강동 6주를 차지하지 못한 상황이었다. 여진을 소탕하여 평정

114

하고 옛 땅을 수복한 뒤에 조빙해도 늦지 않는다는 것이 이유였다. 하지만 오랫동안 조빙을 행하지 않으면 후환이 두렵다는 성종이 그에 박양유를 보냈다.

『동국통감』에 나온 서희의 활약상을 간략히 옮겨보았다.

서거정 등『동국통감』을 집필한 조선의 학자들은 서희의 업적에 대해 "세상에서는 한갓 송나라의 구준과 부필이 있는 줄만 알았지, 고려에 이미 서희가 있다는 것은 알지 못하였다."라고 격찬하였다.

여기에서 구준은 요나라군이 쳐들어오자 왕이 직접 군대를 이끌고 나가 싸우기를 청하고, 단주로 가서 맹약을 맺고 돌아온 송의 정치가였다. 또한 부필 역시 요에 사신으로 가서 영토를 할양하라는 것에 강력히 항의하고, 대신 공물을 늘리는 것으로 합의하는 데 성공한 송나라 재상이었다. 이때 거란을 상대로 당당히 외교 활동을 펼치고 온 구준과 부필을 비교 대상으로 예를 들었으나, 누가 보아도 서희의 공적이 우위라는 게 확실하다. 항복하라, 어깃장 부리는 소손녕을 상대로 피 한 방울 흘리지 않고 항복이 아닌 화친으로 종결했을 뿐 아니라, 더 나아가 강동 6주까지 얻어냈기 때문이다.

제1차 거란의 침략, 즉 제1차 고려·거란 전쟁을 통해 유교 학문에 천착하느라 국방과 외교에 어설픈 성종의 무능력한 모습이 여실히 드러났다. 당시 서희가 아니었다면, 이때 이미 거란에 항복 선언을 하고 서경 이북 땅을 내주었을 것이다. 서희의 말대로 거란이 무리한 요구를 할 때마다 재차 삼차 그들의 요구를 들어주느라 영토는 잠식당하고 백성들의 삶은 피폐해질 대로 피폐해진 상태에서 속국으로 전락하였을 것이다. 이후에도 숱한 외침을 버텨낸 고려지만, 애초에 500년 역사를 거의 유지할 순 없었을 것이다. 한 사람의 빛나는 외교술이 역사를 바꿀 수 있다는 것을 보여준 위대한 순간이 아닐 수 없다.

서희는 이후에도(994년) 평장사로 청천강 이북의 여진을 축출하고 장흥진·곽주 등을 축성하여 압록강 진취의 전략기지로 삼았다. 또한 압록강 문제를 전담할 압강도구당사를 두었고, 이듬해 안의진 등지에 축성하였으며 선주 등지에 성보를 쌓았다. 이로써 지금의 평북 일대의 국토를 완전히 회복하는 데 큰 공을 세웠다.

성종 15년(996년), 사수현에서 유배 생활을 하던 왕욱이 죽었다. 이에 왕욱과 함께 살던 대량원군이 2년 만에 다시 황성으로 돌아왔다.

이듬해 성종이 병을 앓아 승하했다. 그에게는 아들이 없었기에 경종의 아들인 개령군 왕송을 불러 친히 교서를 내렸다.

"조정에서 정치와 교화를 도와라."라는 내용이었다. 자신의 뒤를 이어 왕위를 이으라는 의미였다.

『고려사』에 실린 이제현에 대한 평가는 다음과 같다. "성종은 종묘를 세우고 사직을 설치하였으며 학비를 넉넉히 주어 선비를 양성하고 복시를 보여 인재를 선발하였으며 수령들에게 관하 백성들을 잘 돌보게 하고 효자와 절부를 표창하여 풍속을 아름답게 하였다. 친필 교서를 내릴 때마다 사연이 간곡하여 풍속을 변혁하는 것으로써 자기 임무를 삼았다. (중략) 이른바 (일찍이 최승로가 보기에 임금이) '뜻을 가지고 있어서 그와 더불어 정치를 잘 할 수 있다'라고 말한 의미가 아니겠는가? 아! 훌륭하도다."

하지만 송나라가 중원의 대국이면서도 다른 통일 왕조들보다 더 많은 외침에 시달렸던 이유가 문치주의에만 매달렸던 탓이라는 점에서, 단편적으로는 성종 대도 마찬가지였다고 볼 수 있다.

역사에 대한 평가는 시대에 따라, 보는 시각에 따라 다를 수 있다. 적어도 개인적인 관점에서 전쟁을 치르기도 전에 항복 선언을 하겠다는 왕, 타국에 대한 사대에 빠져 자신을 낮추고 나라의 위상을 떨어뜨린 왕에게 후한 점수를 주기에는 무리가 있다.

성종 13년(994년)에는 원욱을 송나라에 밀사로 보내기도 하였다. 송의 군대를 파견하여 거란에 보복해 주기를 청하기 위해서였다. 하지만 송나라는 이를 거절하였고 이 일로 인해 송나라와의 국교마저 단절되었다.

연호까지 받아쓰며 섬기던 송나라의 배신은 성종 자신이 자초한 일이라 할 수 있다. 이번에도 직접 맞서 싸우려고 들지 않고 송나라의 힘을 구하려고만 하다가 배신을 당했다. 사대를 하더라도 필요에 따라 언제든 내침을 당할 수 있다는 사실을 성종은 끝까지 깨닫지 못하였다.

그에 비해 헌애왕후는 서경으로의 천도를 주장하던 대표적인 인물이다. 서경 등지에 여러 성을 쌓는 등, 외세의 침략에 대비하고 북진 정책을 실행하는 데 힘을 쏟았다. 헌애왕후가 섭정할 당시 외침을 대비하는 데 빈틈이 없도록 하였는데 이는 현종 대에 다시 침략해온 거란을 상대로 승리할 수 있었던 발판이 되었다고 볼 수 있다.

드디어 유교의 나라를 완성하려던 성종에 이어 왕송이 왕위에 올랐다. 고려 제7대 왕 목종(穆宗)이다. 당시 (997년) 그의 나이는 18세였다. 친정할 수 있는 나이였으나 태후가 된 헌정왕후가 섭정하였다. 잠룡이 숨어 있던 물에서 빠져나와 세상을 바꿀 기회가 도래한 것이다.

제 4 장

천추태후의 섭정

어린 나이도 아닌 목종 대신 천추태후가 섭정하게 된 이유는 무엇일까? 이에 대한 주장이 분분하다. 첫째는 목종이 병약했다는 주장이다. 정확한 병명에 대해 언급된 바는 없지만, 전쟁터를 펄펄 날며 후삼국을 통일하고 66세에 죽음을 맞은 왕건을 제외한 혜종 이후 성종까지의 모든 왕이 20~30대에 병을 앓다가 죽었다. 근친혼의 폐해로도 볼 수 있겠거니와, 유전적으로 병약한 부분이 있었음을 부정하기는 힘들어 보인다.

둘째는 아버지를 일찍 여의고 어려서부터 헌애왕후의 손에서 자란 목종이 어머니에 대한 의존도가 높았다는 주장이다. 목종이 헌애왕후에게 심하게 의존했다는 증거는 사서의 여러 곳에서 찾아볼 수 있다. 왕위에 올랐을 때 장성한 나이인 18세였음에도 헌애왕후의 섭정이 가능했던 점, 헌애왕후의 심기를 건드릴까 우려하여 김치양의 전횡을 막지 못했던 점, 귀양 가는 길에 태후를 태운 말고삐를 직접 잡고, 끼니를 직접 준비하여 받들었던 점 등이 그러하다. 효심이 지극하였다고도 볼 수 있겠지만, 그보다는 '마마보이'의 성향이 짙어 보인다. 그러한 정신적 의존성 때문에 이후 정치는 작파하게 되고 남색이 발현되었을 수도 있다는 주장이다.

셋째는 『동국통감』에 기술되어 있는 다음 내용을 보면 짐작할 수 있다.

"목종이 왕위에 올랐다. 이름은 송이요, 자는 효신(孝伸)이다. 성품이 침착하고 굳세며, 어려서부터 임금의 도량이 있다는 평을 들었다. 활쏘기와 말타기를 잘하였으나, 술을 즐기고 사냥하기를 좋아하여 정사에는 마음을 두지 않았다. 총애하는 이들을 믿고 너무 가까이하여 급기야 화를 당하게 되었다. 12년간 재위하였으며 수는 30세였다."

이 중에서 "술을 즐기고 사냥하기를 좋아하여 정사에는 마음을 두지 않았다."라는 부분이 중요하다. 임금 노릇을 할 용의가 없었거나『동국통감』의 평가와는 달리 깜냥이 되지 않았기에 어머니인 헌애왕후가 정치 일선에 나서게 되었다는 의미로도 읽힌다. 혹은, 헌애왕후의 기에 눌린 나머지 자신의 정치를 펼칠 도리가 없어 포기했는지는 알 수 없다.

목종이 정식으로 혼례를 치른 비는, 광종의 제1비인 문덕왕후 유씨가 첫 번째 남편이었던 홍덕원군 왕규와의 사이에서 낳은 선정왕후 유씨뿐이다. 그 외 '요석댁 궁인'이라 불리던 궁인 김씨를 총애한 바 있지만, 신분이 미천하여 혼인하지 않았다고 알려져 있다.

그가 왕위에 올라 가장 먼저 해야 할 일은 거란에 사신을 보내 왕위 계승 사실을 알리는 것이었다. 하지만 처음부터 내키지 않는 일이었다. 태조의 유훈뿐 아니라, 자신도 야만스러운 거란의 황제에게 허락을 청해야 한다는 점에서 굴욕감마저 들었다. 그렇다고 이를 모른 척할 수도 없었다. 이미 성종 대부터 송과의 관계를 끊고 거란에 대한 사대가 이루어지고 있었다. 두려운 것은 또 다시 겪어야 할 전쟁, 전쟁의 회오리에 휘말릴 왕실과 백성들의 안위였다.

목종은 편전의 계단 위에 홀로 앉아 깊은 고민에 빠졌다. 자신의 결정 여하에 따라 나라의 존망이 달려 있었다. 왕좌의 무게에 대해 공포심마저 느끼게 되었다.

불편한 기색을 보이고 있는 그에게 바스락거리는 비단 자락 소리가 들려왔다. 목종이 등극하자 태후 자리에 오른 헌애태후였다.

"주상, 안색이 좋지 않습니다. 무슨 걱정거리라도 있습니까?"

"어마마마, 거란은 야만족입니다. 위대한 태조 대왕께오서는 훈요 10조를 내려 짐승과 같은 거란의 것은 절대 따르지 말라 하지 않으셨습니까? 그런데 굳이 그런 오랑캐의 군주에게 사신을 보내어 고려의 왕위 계승을 허락받아야 하는 것입니까?"

헌애태후는 안쓰러운 표정으로 아들의 손을 어루만져 주었다.

"주상, 왕좌라는 것이 그리 녹록한 자리가 아님을 이제 아셨습니까? 태자 자리에 있을 때는 왕좌를 노리는 수많은 왕족의 틈바구니에서 살아남기 위해 늘 긴장을 멈출수가 없었지요. 왕좌에 올라서는 또 어떤가요? 왕의 말 한마디, 결정 하나에 많은 목숨이 죽을 수도, 살 수도 있으니매우 신중해야 합니다. 또한 가뭄이 들어도 왕의 잘못, 장마로 집이 떠내려가도 왕의 잘못, 전쟁이 일어나도 왕의잘못이니 왕좌란 나라의 모든 백성을 업고 가야 할 무거운 자리인 겁니다."

"알고 있습니다. 그래서 더더욱….."

목종은 고개를 떨구고 말았다. 감당할 수 없는 무게에눌려 숨조차 제대로 쉬어지지 않았다. 헌애태후는 그런아들의 마음을 모두 이해할 수 있을 것 같았다. 목종은 선한 성정만큼이나 여리디 여린 사람이었다. 책임감에 앞서 선택의 기로에서 곧잘 갈팡질팡했다. 대신 지고 갈 수만 있다면 얼마든지 그 짐을 지고 가고자 하는 것이 어미의 마음이었다. 헌애태후는 힘없이 무너진 목종의 어깨를 감싸 안았다.

"내키지 않는다면 하지 마십시오. 선왕 대에 화친을 맺고 상국으로 삼았다고는 하나, 이는 대군을 이끌고 온 거란을 달래기 위한 어쩔 수 없는 궁여지책이었지요. 내사령 서희가 아니었더라면 이 땅이 백성들의 피로 물들었을지도 모릅니다."

　"그렇다면 어찌해야 하옵니까? 거란이 또 다시 대군을 이끌고 침략이라도 한다면…."

　"거란과의 관계는 적당한 수위에서 할 도리를 다하십시오. 그렇다고 송과의 관계를 끊어서는 아니 됩니다. 때를 보아 송에도 사신을 보내시어 우리가 오랜 세월 한족과 교류해 왔다는 것과 거란에 압박을 당하고 있다는 사실을 알리십시오. 거란이 우리 고려를 먼저 침략한 것은 송을 견제하는 데 가장 큰 걸림돌이 되었기 때문이지요. 서로 적대하고 있는 거란과 송 사이에서, 우리는 누구의 편도 될 수 있다는 자신감을 보여주서야 두 나라와의 관계를 적절히 유지할 수 있을 것입니다. 양쪽이 모두 우리의 편이 되고 싶어 안달나게 말입니다."

　"아!"

그제야 목종의 머릿속에 가득했던 안개가 걷혔다. 물론 거란과 송, 양쪽 모두와 적당한 거리를 두고 관계를 유지하는 것이 최선책임은 그 또한 알고 있었다. 그것을 어떻게 조율할지가 문제였을 뿐이다. 그런데 헌애태후의 조언을 듣는 사이, 칼 자루를 쥐고 있는 것은 어쩌면 고려일 수도 있다는 생각이 들었다. 역시 어마마마였다. 항상 명철한 판단으로 그에게 방향을 짚어주던 어머니가 아니던가. 거란이 두려워하는 것은 송 하나가 아닌, 고려와 송의 협공이었던 것이다.

헌애태후는 산들바람처럼 습습한 미소를 지어보이며 조곤조곤 말을 이었다.

"아직 국사를 보는 게 서투를 테니 중신들이 아뢰는 말에 가부만 결정하시어 조를 내리십시오. 모르면 이 어미가 가르쳐드리지요. 부왕께오서도 이 어미에게 자주 묻곤 하셨답니다."

어머니 헌애태후는 세상에서 목종을 가장 아끼는 사람이었다. 아비를 일찍 여읜 목종의 앞을 막아선 채 자칫 왕위 찬탈 암투에 휘말릴 것을 염려하여 항상 칼을 대신

맞을 각오로 노심초사하였다. 성종의 총애를 받는 왕후들에게 넌지시 귀한 패물을 보내 환심을 사는 일도 종종 있었다. 모두가 목종의 무사를 위한 그녀의 노력이었다. 목종도 그러한 사실을 누구보다 잘 알고 있었다.

한때 헌애태후가 김치양이란 사내를 만나 왕실을 발칵 뒤집어 놓은 적도 있었다. 하지만 목종은 이를 탓하지 않았다. 그녀도 여느 여인이나 다를 바 없는 보통의 여인이었다. 그녀의 나이는 서른셋. 목종은 여전히 아름답고 총기 넘치는 어머니가 평생을 과부로 살아야 한다는 것에는 동의할 수 없었다.

"너무 심려치 마십시오. 모든 결정은 어마마마와 의논하겠습니다."

헌애태후는 목종의 말에 고개를 끄떡였다.

"왕위에 올라 가장 먼저 하셔야 할 일 중의 하나가 민심을 두루 어루만지는 일입니다. 백성들이 어진 임금을 만나 마음 편히 본업에 충실할 수 있는 것이야말로 천하지대본이지요. 대신들과 승려들의 마음 또한 놓쳐서는 아니 됩니다. 지척에서 폐하를 지킬 수 있는 사람들은 대신들이고, 백성들의 마음을 하나로 뭉칠 수 있는 것이 바로 종교의 힘입니다. 선왕 대에 주와 송에 사대하면서 떨어진 국격을 높이는 것도 나라를 살리는 일이 될 것입니다."

목종은 헌애태후가 시키는 대로 하나하나 일을 처리해 나가기 시작했다.

먼저 합문사 왕동영을 거란에 보내 왕위 계승 사실을 알렸다. 12월 임인일에는 위봉루에 나와서 대사령을 내렸다. 효자, 순손(順孫, 조부모를 잘 받드는 손자)을 표창하였으며 죄가 없는 사람들의 누명을 벗겨주었다. 또한 질병을 구제하였고 문무관과 승려들의 품계를 한 급씩을 올려주었다. 국내의 모든 명산대천의 신들에 일일이 훈호를 붙였으며 안팎 백성들에게 하루 동안 큰 잔치를 베풀어 주었다.(『고려사』)

이어 헌애왕후 황보씨의 존호를 왕태후로 높였다. '응천계성정덕왕태후(應天啓聖靜德王太后)'라는 존호가 그것이었다. 성종 때 제후국으로 낮췄던 고려의 위상을 높여야 한다는 헌애태후의 주장을 받아들여 행한 일이었다.

그녀가 숭덕궁에서 나와 황궁 내의 천추전에 머물렀

기에 많은 궁인이 천추태후라고 부르기도 하였다.

김치양의 재등장

목종의 재위 초기는 섭정하는 천추태후의 도움으로 안정된 국가로서의 기틀이 잡혀가던 시기였다.

목종 재위기의 『고려사』 기록을 간추려 보겠다.

즉위년(997)에 문관(文官)과 무관(武官) 5품 이상인 자들의 아들에게 음직(蔭職, 과거를 거치지 아니하고 조상의 공덕에 의하여 맡은 벼슬)을 내리도록 하였다.

목종 원년(998년) 선대 왕들의 제사에 대한 규례를 정하였다. 태조와 부왕이었던 경종의 제삿날을 전후해 5일 간씩 불공을 드리고 하루 동안 조회를 정지하며 혜종, 정종, 광종, 대종(추촌왕), 성종의 제삿날을 전후해서는 각각 1일간 이상과 같이 하라는 교서가 그것이다.

서경의 이름을 호경(鎬京)으로 바꾸었다. 호경은 고대 주나라의 수도 이름과 같다. 중국의 유일무이한 여황제인 당나라 측천무후 또한 장안을 호경으로 부르면서 국호를 주나라로 바꾸기도 하였다. 즉, 왕건의 유조를 받들어 북진 정책의 상징인 서경으로 천도하겠다는 의지였다.

12월에는 경종 대에 시행하던 전시과를 개편한 '개정 전시과'를 시행하였다. 다소 막연한 기준이었던 인품을 제외하고 관품으로 단일화한 것이다. 또한 관직의 고하에 따라 18과로 구분하여 토지를 나누어 주었다. 마군(馬軍), 보군(步軍) 등의 군인에게 군인전(軍人田)을 지급하였다.

이해 가을에 태보내사령 서희가 죽었다. 나이는 57세였다. 서희가 병을 앓고 있을 때 목종이 친히 문병하였다. 부의로 베 1천 필, 보리 1백 석, 쌀 5백 석, 뇌원다(腦原) 2백 각, 대다(大茶) 10근, 전향(梅香) 3백 량을 보냈으며, 시호를 장위(章威)라 하였다. 국가의 예로써 장사 지내고 현종 18년, 성종의 묘정에 배향하였다.

목종 2년(999년) 겨울 10월에 왕이 호경에 행차하여 제사를 올리고 죄수들을 사면하였다. 호경에는 1년분의 전조(田租)를 견감(蠲減, 조세 따위의 일부를 면제하여 줌)하고 행차가 거처간 주, 현에는 그 절반으로 하였다. 이후에도 갈 때마다 전조를 견감하는가 하면 노인들을 문안하고 물품을 나누어 주는 등 호경의 민심을 얻으려고 계속 노력하였다.

왜국의 도요미도 등 20호의 귀화를 받아들여 이천군(利川郡)의 일만 민호로 삼았다.

목종 5년(1002) 중앙군인 6위(衛)의 군영을 만들고 그 군사들의 잡역(雜役)을 면제해주었다. 그동안 토목 공사에 동원되어 불만이 쌓였던 군사들의 환심을 사는 한편, 전투력을 보존하는 효과를 보았다.

목종 6년(1003) 유학의 학습을 권장하고 교육에 성과가 있는 박사와 사장, 재주와 학식이 있는 인재를 천거하게 하였다.

목종 7년(1004) 과거제도를 개편하였다.

목종 8년(1005) 12절도(節度), 4도호(都護), 동계(東界), 서북계(西北界)의 방어진사(防禦鎭使), 현령(縣令),

진장(鎭將)을 제외한 나머지 관찰사(觀察使), 도단련사(都團練使), 단련사(團練使), 자사(刺史)를 모두 폐지하는 등, 지방관(外官)의 정리를 단행하였다.

목종 8년(1005) 동여진이 등주(登州)를 침략하여 주·진 부락 30여 개소를 불살랐다. 장수를 보내 여진군을 방어하였다(『고려사』).

또한 전 재위 기간에 걸쳐 곳곳에 성곽을 쌓거나 수리하여 방어시설을 갖추었다. 이는 거란과의 제2차·3차 전쟁(현종 재위기) 당시 적을 막아내는 데 큰 도움이 되었다.

이 외에도 성종이 폐지하였던 팔관회와 연등회를 부활시키고 성의 남쪽에 진관사를 지어 태후의 원찰로 하는가 하면(999년), 숭교사를 창건(1000년)하여 왕의 원찰로 하고, 진관사 9층 탑을 건립(1007년)하는 등 불교 중흥에 힘썼다. 이는 불교를 통해 세력을 규합할 뿐만 아니라, 백성들의 정신적 구심점을 찾으려는 노력이었다.

이처럼 목종은 천추태후의 섭정하에 나라를 건실히 하려는 노력을 아끼지 않았다. 하지만 그러한 노력과 업적에도 불구하고 결국 두 사람 각자의 잘못된 선택 때문에 모든 것이 물거품이 되고 말았다.

천추태후는 고려를 휘어잡을 수 있는 권력의 정점에 올랐는데도 딱 한 가지를 이루지 못한 아쉬움에 고심하였다. 그것은 바로 성종에 의해 유배당한 김치양에 대한 그리움이었다.

천추태후와 경종의 혼인은 정략결혼이었다. 경종의 하나뿐인 아들을 낳아 총애를 받고자 했건만, 송을 낳고 몸을 푼 지 얼마 되지 않아 경종이 병사하였다. 여러 왕후 중의 한 명으로 살아왔던 시간조차 짧았으니 정을 오롯이 받아본 바도 없었다. 그런데 김치양은 달랐다. 그녀에게 일국의 왕후나 태후의 신분이 아닌 '여인'으로서의 기쁨을 알게 해 준, 단 한 명의 사내였다. 사랑받는다는 것이 어떤 감정인지 그를 통해 알게 되었다. 그예 오랜 시간 꾹꾹 눌러 참아왔던 뜨거운 감정이 터지고야 말았다.

천추태후는 자신에게 꼭 필요한 사람, 김치양을 발탁하기로 결심하였다. 이제 천하가 그녀의 발 아래에 놓였으니 조심할 것도, 두려울 것도 없었다. 그녀는 김치양의 유배를 풀고 개경으로 불러들였다. 이어 그에게 합문통사사인이라는 벼슬을 내려 조정에 출사하도록 하였다.

처음에는 목종도 이를 반대하지 않았다. 천추태후가 기뻐하자 그를 총애하기까지 하였다.

김치양은 얼마 지나지 않아 우복야 겸 삼사사로 일약 초고속 승진을 하였다. 정무를 맡은 육부를 통할하던 관아가 상서도성인데 이 상서도성을 관장하는 이가 정2품 벼슬인 우복야였다. 더하여 전곡(錢穀, 돈과 곡식)의 출납과 회계에 대한 일을 맡아보던 삼사의 우두머리로 정3품 벼슬을 겸하게 된 것이다. 정치와 관련된 실무와 재정, 인사권을 모두 그의 한 손에 맡긴 것이나 다름없었다.

『고려사』 반역 열전에는 그의 전횡이 자세히 기술되어 있다.

"목종이 즉위하자 소환해 합문통사사인 벼슬을 내렸고 불과 몇 년 사이에 비할 데 없이 총애하면서 갑자기 우복야 겸 삼사사로 승진시켰다. 이로써 관리의 인사권을 김치양이 한 손에 장악해 그의 친척과 일당들이 온통 요직을 차지하는 바람에 온 나라에 권세를 부리게 되었고 뇌물을 공공연히 챙겼다. 3백여 간에 달하는 집을 지었는데 누정, 정원, 연못이 지극히 화려하고 아름다웠으며 거기서 태후와 함께 밤낮으로 아무 거리낌 없이 농탕을 쳤다. 또 농민을 부려 동주에 사당을 세우고 성수사라는 현판을 걸었으며 궁성의 서북쪽 모퉁이에는 시왕사를 세웠다. 그 절들에 걸린 초상화들은 말로 표현할 수 없을 정도로 기괴하였는데, 이는 내심 역모를 품고 귀신들의 도움을 구하기 위한 것이었다."

『동국통감』에는 김치양이 역모를 품고도 종(鍾)에 이런 문구를 써서 가호를 구하였다고 기술되어 있다.

"이 세상 동국에서 태어났을 때 다 같이 선종을 닦았다가 다음 세상 서방 정토 태어나는 날, 다 함께 보리(菩提, 수행자가 최종적으로 도달할 수 있는 참다운 지혜·깨달음 또는 앎의 경지)를 증득(證得, 바른 지혜로써 진리를 깨달아 얻음.)하자."

얼핏, 살아 있는 동안 수행에 전념하여 깨달음을 얻고, 죽은 뒤 부처에 이르는 지혜를 얻자는 부처님의 말씀처럼 들린다. 하지만 진실이든, 왜곡이든, 폄훼든, 모함이든 기록에 남아 있는 김치양의 일련의 행동을 살펴보았을 때, 전혀 무관한 이야기를 하고 있다는 것을 알 수 있다. 오히려 제 행동의 그릇됨을 전혀 알지 못하는 자가 죽어서도 이 행복을 누려보겠다는 오만함마저 엿볼 수 있다.

그러한 김치양의 교만방자함을 보다 못한 목종은 몇 번이고 그를 내치려고 하였다. 하지만 천추태후의 마음이 상할 것을 염려하여 단행하지 못하였다. 천추태후가 김치양과의 사이에 또 다른 아들을 낳은 것이다.

대량원군의 야망

천추태후와 김치양 사이에서 태어난 아들의 이름은 기록에 남아 있지 않다. 그만큼 지금은 사라진 현종 이후의 고려시대 문헌이나 이를 바탕으로 한 조선시대의 고려사 관련 문헌에서조차 그 관계를 부정적으로 여겼기 때문이다.

문헌들에서는 두 사람이 자신들의 아들을 왕위에 올리기 위해 차기 왕권 주자가 될 수 있는 대량원군을 제거하기 위한 갖은 패악질을 저지른 것으로 기록되어 있다.

『고려사』 세가에는 "목종 6년(1003년) 태후 황보씨가 김치양과 간통하여 아들을 낳았다. 그를 왕의 계승자로 삼을 계책으로 대량원군 순을 위협하여 승려가 되게 하였다."라는 기록이 있다. 당시 대량원군의 나이는 열두 살이었다.

대량원군이 머리를 깎고 들어간 절은 숭교사였다. 지금의 개성시 환희방 남쪽에 있었던 것으로 추정되는, 바로 목종 3년에 세워진 왕 자신의 원찰이었다. 원찰이란, 창건주가 자신의 소원을 빌거나 죽은 사람의 명복을 빌기 위하여 건립하는 절을 말한다. 천추태후는 왜 하필 목종의 원찰에 대량원군을 보낸 것일까? 그것도 그를 미워하여 유배 보낼 양이면, 서경 북쪽의 패서도나 남쪽 멀리 동경이 있는 영동도로 보낼 것이지 왜 하필 개경에서 가까운 숭교사였을까?

이를 통해 이후에 살아있는 문헌들이 왜곡하고자 하는 의중을 파악할 수 있다. 문헌에서는 대량원군 왕순, 즉 현종을 총명하고 자애로우며 글공부를 좋아하는, '조선의 세종'과 같은 현군으로 보고 있는 반면, 목종은 정치에는 무관심하고 남색이나 밝히는 심약한 왕으로 평가하고 있다. 앞서 언급했듯이, 이는 현종 이후 그의 혈통을 이어받은 왕들의 기록을 조선시대의 학자들이 받아썼기 때문에 가능한 일이다. 실질적으로 천추태후가 보냈다는 숭교사는 유배지가 아니라는 방증이기도 하다. 이후, 대량원군의 거처가 삼각산(북한산)의 신혈사로 옮겨지는데 이 또한 개경에서 그리 멀지 않은 곳이었다.

고려시대에는 자의든 타의든 승려가 된 왕족이 많았다. 문종의 넷째 아들이자 천태종의 개창자인 대각국사 의천이 대표적인 예다. 왕족 출신의 승려는 승과를 거치지 않고도 법계를 받을 수 있는 혜택까지 누렸다. 천추태후가 대량원군을 절로 보낸 것이 미워해서가 아니라, 관행일 수도 있다는 것이다. 즉, 그를 유배시킬 양으로 개경에서 가까운 절로 강제로 보냈다는 표현은 무리한 억측이라고 말할 수밖에 없다.

대량원군이 숭교사에서 삼각산 신혈사로 옮겨졌을 때 그를 '신혈소군'이라고 불렀다. 소군이란 본시 고려시대에 왕의 서자에게 붙여준 칭호였다. 왕후의 소생을 '적자', 궁인·폐첩의 소생을 '서자'라고 불렀다. 양인이나 귀족의 서자는 종모법에 따라 천인이었기에 출가시키는 경우가 많았지만 왕의 자손인 경우에는 적자가 없으면 서자라도 왕위를 이어야 했다. 다만 대량원군은 왕비의 소생이었지만, 왕의 적자라고 볼 수는 없었다. 이를 두고 정확한 어휘인 소군이라 부르기는 어려울 수도 있다. 헌정왕후와 사통한 안종 왕욱이 태조의 아들이었으며, 헌정왕후 또한 태조의 혈통이었으므로 넓은 의미에서 소군이라 부르게 된 것뿐이다.

『고려사』 등 여러 문헌에는 현종이 대량원군 시절부터 남달랐다는 이야기가 동일하게 기술되어 있다.

"처음 숭교사에 있을 때 어떤 승려가, 큰 별이 사원의 뜰에 떨어지더니 용으로 변했다가 다시 사람으로 변하는 꿈을 꾸었는데 이 사람이 곧 왕(현종)이다. 이 일 때문에 여러 사람이 그를 특출하게 여기게 되었다."

"꿈에서 닭 울음과 다듬이 소리를 듣고 술사에게 해몽을 부탁했더니, 우리말로 풀이해서 '닭은 꼬끼오(高貴位)하고 울고, 다듬이 소리는 어근당(御近當)으로 들리니 이는 임금이 될 조짐이오.'라고 일러주었다."

천추태후가 대량원군을 해하려고 했다는 기록도 이어진다.

"목종 9년(1006년) 삼각산 신혈사로 옮겨 살게 되자 천추태후가 여러 차례 사람을 보내 해치려고 하였다. 마침 사원에 있던 늙은 승려가 방 밑에 구멍을 파서 숨기고 그 위에 침상을 놓아두어 그를 지켜주었다."

『고려사절요』에는 대량원군이 목종에게 보냈다는 서신의 내용도 기술되어 있다.

"간사한 무리가 사람을 보내어 위협하고 핍박하며, 아울러 술과 음식을 보냈는데, 신이 독이 들어있을까 염려하여 먹지 않고 까마귀와 참새들에게 주었더니, 새들이 죽어 버렸습니다. 위태롭게 하고자 모의함이 이러하오니, 바라건대 성상께서 (저를) 불쌍하게 여겨 구원하여 주시옵소서."

마치 이 모든 악행을 꾸민 원흉이 천추태후인 양, 모든 정황이 그녀를 가리키고 있다. 하지만 또 다른 가설 두 가지를 세울 수 있다. 첫째는 김치양이다. 김치양의 아들은 목종 6년에 태어났다. 목종이 사망한 재위 12년에는 일곱 살이었다. 특히 왕의 아들은 아니나, 부모가 모두 태조의 혈육임이 분명한 대량원군이 존재하는 한, 자신의 아들을 왕위에 올리는 것은 절대 불가능했다. 천추태후는 왕가의 사람이었다. 그녀의 위세가 아무리 등등해도 왕족이 아닌 사내와의 아들을 왕위에 올릴 수 없다는 사실을 모를 리 만무했다. 이는 역성혁명 즉, 왕조가 바뀌는 일이기 때문이다. 걸림돌인 대량원군을 제거하기 위해 김치양, 단독으로 꾸민 짓일 수 있다고 추측할 수 있는 이유다.

둘째는 대량원군 자신이다. 그가 남긴 두 개의 시를 옮겨보겠다.

한 가닥 물줄기가 백운봉서 솟아나와
머나먼 큰 바다로 거침없이 흘러가네
바위 아래 샘물이라 업신여기지 말게나
머잖아 용궁까지 도달할 물이어니

이 시에서 말하는 백운봉은 바로 신혈사가 있던 지금의 북한산 백운대를 의미한다. 즉, 자신의 처지가 지금은 '한 가닥 물줄기'이고, '바위 아래 샘물'처럼 작고 보잘것없게 보일지라도 머잖아 용궁이 있는 큰 바다, 즉 왕궁에 도

달하겠다는 야심을 드러내고 있다.

다음은 작은 뱀을 보고 그가 읊은 시다.

뜰 난간에 또아리 튼 작은 뱀 한 마리
붉은 비단 같은 무늬 온몸에 아롱지네
꽃덤불 아래서만 노닌다고 말 말게나
하루아침에 용 되기 어렵지 않을 걸세

이 시에서도 마찬가지의 심정이 노골적으로 드러난다. 이번에도 자신의 처지를 '작은 뱀 한 마리'에 비유하면서 금방이라도 용(왕)이 될 수 있다는 자신감을 내보였다.

그의 속내 꿈틀대는 왕좌에 대한 야망이 천추태후를 의뭉스러운 악녀로, 자신을 후계자로 지목한 목종마저 희생양으로 만들었는지도 모른다.

목종의 동성애와 천추전 화재 사건

목종 9년(1006년), 전년부터 흉년이 이어졌다. 곡식이 익지 않아 끼니를 굶는 백성이 많아졌다. 왕은 백성들이 미납한 공부를 모두 면제토록 하였고 종자곡조차 남지 않은 백성들에게는 창고를 열고 곡식을 지급하여 진휼하도록 하였다.

이어 6품 이상의 문관들로 하여금 각자 재주 있는 인재를 한 명씩 천거하게 하였다. 인재 등용은 정권의 성패, 존폐와도 직결되는 중요한 정책 중의 하나다. 새로운 인재를 등용하여 나라의 개혁을 꾀하려는 노력이라고 할 수 있겠다.

천성전의 치문에 벼락이 치자, 자신을 책망하며 사면

령을 내렸다. 효자, 순손, 의부, 절부들에게 은전을 더하여 주었을 뿐 아니라, 한 해의 세포 절반을 줄여주고 미납된 조세도 덜어주는 등 백성들에게 선정을 베풀었다.

목종 12년(1009년) 정월, 숭교사에 행차하였다. 돌아오는 길에 폭풍이 일었다. 이에 왕의 일산 자루가 꺾였다. 불길한 징조였다. 그때 왕의 나이는 27세였다. 이때를 전후하여 왕실에서는 또 다른 추문이 돌았다. 이번에는 김치양이 아닌, 목종이 총애하는 두 사내와의 동성애와 그들의 전횡이 문제가 되었다. 합문사인 유행간과 지은대사좌사낭중 유충정이 바로 그들이었다.

특히 유행간은 위위소경을 지낸 유품렴의 아들로, 용모가 매우 아름다워서 목종이 남달리 아끼고 총애하였다. 목종의 용양(龍陽) 즉, 남색의 상대였다.

목종이 명을 내릴 때마다 반드시 유행간에게 먼저 물어본 후에야 시행하였을 정도로 왕의 신임이 두터웠다. 이에 유행간의 오만방자함은 하늘을 찔렀다. 다음은 『동국통감』의 내용이다. "왕의 총애를 믿고 교만하여 백관을 경멸하였으며, 턱짓이나 얼굴빛으로 사람들을 부리니 근신들이 그를 왕처럼 여겼다."

발해 유민 출신인 유충정 또한 마찬가지였다. 재주와 능력이 없는데도 왕으로부터 깊은 총애를 받았다. 왕은 유행간과 유충정에게 수방의 아전들을 둘로 나누어 관리하도록 하였다. 이후, 아전들은 두 사람이 출입할 때마다 그 뒤를 왕처럼 수행하였다. 보기에 참람할 정도였다는 기록이 있을 정도다.

다만, 유행간이 목종의 남색 상대임은 확실하나, 유충정은 이를 정확하게 적시한 기록이 없어 확신할 수는 없다. 두 사람 사이가 나쁘지 않았고 함께 움직였던 것으로 보아 유충정은 유행간의 사람이었을 공산이 크다. 유행간이 왕을 통해 자신의 사람인 유충정을 등용하게 하고 왕의 곁에서 함께 시측(侍側, 곁에서 모심)하면서 세력을 키우려고 했을 것이라는 주장이다. 물론 두 사람이 모두 왕의 남색 상대였을 가능성도 배제할 수 없다.

두 사람의 전횡은 같은 해, 목종이 병을 앓으면서 절정에 달하였다. 그 사건의 발단은 천추전의 화재였다.

당시 목종은 상정전에 나아가 오색으로 눈이 부신 연

등을 구경하고 있었다.

신라 진흥왕 12년(551년) 때부터 팔관회와 함께 개설·시행되던 연등회 행사가 진행되는 중이었다. 연등회는 단순한 불교 행사가 아닌, 호국호법으로서의 용신에 대한 용동제, 농사와 밀접하게 관련되어 있는 천문태일성수제, 그 밖의 민족적 행사가 불교의 등공양과 절충하여 기원한 거국적 행사 중의 하나였다.

국가적인 행사였던 만큼 왕은 물론이거니와, 태후, 왕후, 왕족 등 왕실 사람들이 모두 이 행사에 참여하는 것은 당연했다.

해가 기울면서부터 하늘을 가린 수백, 수천의 연등에 불이 밝혀지기 시작했다. 오색 연등이 태양을 대신하여 환한 빛을 발하는 모습은 그야말로 장관이었다. 구경 온 처녀들과 총각들의 마음마저 설레게 하는 연분홍빛 연등은 새로운 만남에 대한 은근한 기대였고, 학문하는 이가 고개를 꺾고 올려다보는 청색 연등은 푸른 미래의 관직에 대한 희망이었으며, 농사 짓는 이들에게는 황금 물결로 출렁이는 대풍의 바람이 가득하였으니 이보다 더 풍요로

울 수는 없었을 것이다.

"주상, 금년에는 참으로 많은 준비를 하셨던 모양입니다. 연등이 하늘을 가득 메웠지 않습니까? 연등 하나하나에 백성들의 간절한 바람이 가득하니 곧 이 나라 고려에도 저 불빛들처럼 부처님의 자애와 평화가 가득하겠지요."

목종과 나란히 누각에 오른 천추태후도 황홀한 불빛에 매료되어 아득한 시선 가득 미소를 지어 보였다. 그녀의 행복해 보이는 낯에 잠시 머물렀던 목종의 시선이 태후의 등 뒤로 가 멈추었다. 김치양과 그의 어린 아들이 병풍처럼 서 있었다. 여러 가지 감정이 그의 심중에 갈마들었다.

김치양이 역심을 품고 있다는 소문이 돌고 있었다. 자신의 어린 아들을 왕위에 올리려고 한다는 소문이었다. 그저 떠도는 소문이기를 바랐지만, 상소를 올린 자가 있었다. 지금 당장 쳐내야 한다고 여기면서도 주저할 수밖에 없는 것은 태후 때문이었다.

어찌하면 좋을 것인가? 태후의 마음을 상하지 않게 처

리할 수 있는 방법이 있을까? 과연 그것이 가능할까?

이때 신하 하나가 다급하게 달려와 아뢰었다.

"폐하, 천추전에… 천추전에 불이 났사옵니다!"

목종은 모든 행사를 멈추게 하고 부랴부랴 천추전으로 향하였다. 천추전이라면 어머니인 천추태후의 처소였다. 어린 시절 선왕을 일찍 여의고 권좌를 노리는 왕족들의 모함과 이간질이 난무하던 외롭고 공포스러운 상황에서 안심하고 쉴 수 있는 곳은 오로지 어머니의 품뿐이었다. 그 어머니의 처소가 벌건 화마에 휩싸여 삽시간에 무너져 내리고 있었다.

"어찌 이런 일이…."

뒤따라온 천추태후의 눈에 놀라움과 당혹스러움, 분노마저 번들거렸다.

"어마마마…."

"대체 천추전이 왜…. 누가 이런 짓을 한 겁니까?"

천추태후는 노기등등하여 소리를 질렀다. 천추전은 태후 자신의 정치적 중심지이자 권세를 상징하는 장소이기도 하였기에 더더욱 그 분노는 하늘을 찔렀다.

목종은 어머니의 처소가 화재로 전소된 것을, 마치 자신의 잘못인 양 쩔쩔맬 뿐이었다. 불을 끄려고 모였던 좌우 시중들은 모두 숨소리조차 죽인 채 벌벌 떨었다.

목종은 천추태후의 거처를 급히 장생전으로 옮겼다.

"주상, 나의 전각이 소실되었습니다. 이 어미가 시해당할 뻔했다는 말씀입니다. 이대로 보고만 계실 겁니까? 당장 궁에 출입한 모든 이를 끌어다가 불을 놓은 자를 잡아내십시오. 이는 단순히 주상의 어미인 나에 대한 반감이 아닌, 이 나라 황제에 대한 역모임을 아셔야 합니다."

태후는 자신을 모살하려는 이가 있으니 당장 잡아들이라고 펄쩍 뛰었다. 하지만 창고를 관리하던 자들과 출입하였던 이들이 모두 고신을 당했지만 끝내 방화한 자는 찾을 수가 없었다. 결국 궁 안에 있는 대부(大府)의 기름 창고에서 우연히 시작된 불이 천추전에 번져 생긴 일로 결말이 났다.

이 사건으로 비탄에 빠진 목종은 끝내 병을 얻어 정무를 보지 못하게 되었다. 그는 내전에서 나오지 않은 채 신하들조차 만나지 않으려고 하였다. 오직 유행간과 유충정 만이 왕의 곁에서 시측할 수 있었다.

　재신들이 놀라고 두려운 나머지 내전으로 달려와 문병을 청하였다. 왕은 문병 온 신하들을 받지 않았다. 대신 내전에서 나온 유행간이 왕의 뜻이라며 이렇게 전하였다.

　"몸과 기운이 점차 회복되면 별도로 날을 잡아서 불러보겠다."

　재신들이 재차 청하였으나 허락하지 않았다.

　『고려사』를 비롯한,『고려사절요』『동국통감』등에서는 이후, 궁에서 숙직하던 이들의 이름과 장소를 이상하리만치 상세히 기록하고 있다.

　"왕사와 국사 두 승려와 태의 기정업, 태복 진함조, 태사 반희악, 재신 이부상서 참지정사 유진, 사부시랑 중추원사 최항, 급사중 채충순 등이 은대에서 번갈아 숙직하고, 지은대사 공부시랑 이주정, 우승선 전중시어사 이작인과 왕의 총애를 받던 신하인 지은대사 좌사낭중 유충정, 합문사인 유행간 등도 함께 내전에서 교대로 숙직하였으며 친종장군 유방, 중낭장 유종, 탁사정, 하공진은 전각 출입문 가까이에서 계속하여 숙직하였고, 형부상서 진적 또한 내전에 들어가 숙직하였으며, 호부시랑 최사위는 대정문 별감이 되어 궁궐의 문을 닫아걸고 엄중히 경계하면서 오직 장춘전의 대정문만 열어 두었다. 이어서 장춘전과 건화전 두 곳에서 구명도량(求命道場, 국왕이 병환으로 매우 불편할 때, 회복을 기원하기 위해 베풀어지는 불교 의례)을 베풀었다."(『고려사절요』)

천추태후는 이 사건이 있기 전에 이미 섭정의 자리에서 물러났을 것으로 보인다. 목종이 장성하여 더 이상 섭정할 명분이 없었고, 그의 남색자들이 등장하는 와중에 천추태후가 이를 나무라거나 관여하였다는 기록은 전혀 보이지 않고 있으며, 화재 사건 이후 병으로 누워 있는 목종을 대신하여 정치에 관여하였다는 기록 또한 없기 때문이다.

이때 내전에 숙직하던 이들 중에서 이주정은 김치양 일파였고, 유행간은 목종의 총신이지만 대량원군의 입성을 원치 않았으며, 유충정은 은근히 대량원군의 옹립을 지지하는 쪽이었다. 무관인 탁사정과 하공진도 대량원군을 옹립하려는 마음을 품고 있었기에 이후 강조의 정변이 일어나자 가장 먼저 목종에게 등을 보인 채 강조의 편으로 돌아섰던 인물들이었다. 병을 앓고 있는 금상을 이을 차기 왕권을 목표로 한 서로 간의 기 싸움이 내전 안팎에서 치열하게 벌어지고 있었던 것이다.

이를 통해 천추전 화재 사건이 단순한 화재가 아닌, 대량원군을 추종하는 세력이 섭정에서 물러난 태후를 아예 정치 일선에서 밀어내려고 꾸민 방화일 수도, 이참에 반대파를 제거하려는 김치양의 자작극일 수도 있다고 추측할 수 있다. 물론 서경 천도를 준비하던 천추태후를 막기 위한 개경파 세력의 짓일 수도 있고, 반대로 서경 천도를 바라는 세력들이 일부러 도성을 불태우려 하였을 수도 있다.

다만 고려 목종 대의 정치적 중심지라 할 수 있는 천추전의 화재는 천추태후의 몰락과 목종 폐위의 신호탄이 되는 크나큰 사건이 되었다.

제 5 장

목종의 결단

하루는 목종이 급사중 채충순을 내전으로 불러들였다. 시측하던 유행간과 유충정이 여전히 곁을 떠나지 않자, 왕이 불편한 기색으로 명하였다.

"물러가라. 급사중에게 긴히 할 말이 있다. 아무도 내전에 들이지 말라."

머뭇거리던 유행간과 유충정이었지만 할 수 없이 왕의 명을 따를 수밖에 없었다.

두 사람이 내전을 나가자 목종은 채충순을 가까이 오게 하여 물었다.

"짐의 병이 점점 나아지고 있지만, 왕실 외부에서 왕위를 넘보는 자가 있다고 하니, 경은 이 사실을 알고 있는가?"

"신도 알아보려고 하였으나 그 진상은 파악하지 못하였습니다."

중서문하성에 속하여 간쟁의 임무를 맡아보는 종4품 벼슬이 바로 급사중이다. 왕에게 간언하는 것이 직무인 직책이고 그러기 위해서는 기본적으로 많은 정보를 수집해야 했다. 이미 알 만한 사람은 다 아는 대량원군을 위시한 권좌 쟁탈전에 대해 급사중 채충순이 모를 리 만무했다. 하지만 성심이 닿아 있는 곳이 어디인지 알 수 없으니 함부로 대답할 수도 없는 노릇이었다. 또한 문밖에는 김치양파와 대량원군파, 궁궐 구석구석에 수하들을 심어놓은 천추태후 외에도 임금과 베갯머리를 나란히 하는 유행간이 있었다. 그들은 모두 내전 벽에 귀를 대고 있을 게 분명했다. 자칫 누구를 입에 올리든, 내전을 나가는 순간 칼침을 맞을 수도 있는 상황이었다.

이를 눈치 챈 목종이 침상 위에 있던 봉서를 조용히 내밀었다. 채충순은 떨리는 손으로 봉서를 받아들었다. 봉서는 이미 뜯어져 있었고, 열어보니 유충정이 올린 상소였다. 김치양의 역모 계획을 발고하는 내용이었다.

"우복야 겸 삼사사 김치양이 왕위를 넘보고 인편에 뇌물을 보내어 심복들을 깊숙이 심어놓고는 이에 내부의 원조를 구하였습니다. 신이 타일러 거절하였으나 감히 아뢰지 않을 수가 없습니다."

채충순은 심장이 벌벌 떨릴 정도로 두려웠다. '역모!' 이 상소 하나만으로도 발고된 김치양이든, 고변한 유충정이든 누구 하나는 죽어야만 했다. 그 한 사람으로 족한 것이 아닌, 각기 추종하는 일파들이 모두 죽을 수도 있었다. 광종 때의 무참한 피바람이 그의 뇌리를 스치고 지나갔다.

목종은 또 한 통의 봉서를 그에게 내밀었다. 이번에는 삼각산에 있는 대량원군 왕순의 서신이었다. 누군가 독극물을 넣은 음식을 보내어 자신을 죽이려고 하니 구원해달라는 내용이었다.

"대량원군은 나를 이을 유일한 사람이니 지켜야 하지 않겠는가?"

채충순이 그제야 성심을 이해하고 답하였다.

"사태가 급박하니 빨리 대책을 세워야 하겠나이다."

대량원군의 서신에는 그 '누군가'가 정확히 '누구'라고 적시되어 있지는 않다. 하지만 목종은 알고 있었다. 대량원군이 말하는 누군가가 김치양일 거라는 사실을. 어머니 천추태후가 이 일과 유관하다고 차마 믿고 싶지 않았다. 하지만 천추태후의 등 뒤에 도사리고 있는 뱀 같은 김치양이 역심을 품고 있다는 것만은 이미 예상한 바였다. 자신의 아들을 왕좌에 올리기 위해 왕의 주변에 심복들을 심어놓고 왕의 일거수일투족을 감시하고 있다는 사실 또한 이미 알고 있었다. 물론 '왕씨'가 아닌 왕은 고려에 존재할 수 없었다. 역성혁명은 막아야 했다. 유충정의 고변이 사실이라면 김치양은 반드시 제거되어야 했다. 그를 제거하려면 자신과 아비가 다른, 천추태후의 또 다른 아들 또한 제거되어야 했다.

문득, 천추전을 울리던 천추태후의 쾌활한 웃음소리가 떠올랐다. 이복동생이 아장아장 걷는 것을 보며 기뻐하는 어머니의 모습은 어린 시절 자신을 대하던 모습과는 사뭇 달랐다. 제 아이의 사랑스러움에 푹 빠진 여느 어머니와 같았다.

어머니는 항상 목종에게 왕의 덕목을 익히고 행하라고 가르쳤다. 하나뿐인 적자였음에도 나이가 어려 왕좌를 숙부에게 내주었으니 차기 왕좌를 양위받을 만한 역량을 갖추기 위해 분발하여야 한다고 다그쳤다. 궁에 있는 모든 이가 적이니 늘 경계하라는 말도 거듭하였다. 어디에서도 결코 틈을 보이지 말라고 강조했다. 자식애보다는 족하지 못했던 왕후 자리를 대신해 태후 자리를 바란다고 여겨졌을 정도였다.

섭정할 당시만 해도 그랬다. 자신의 나이 18세, 배우고 익힌 바대로 근신들의 보좌를 받으며 국정을 이끌어 나갈 수 있었다. 그런데 어머니는 허하지 않았다. 자신을 여전히 어리숙한 아들로 보았다. 그것이 가장 불만이었고 아쉬움이었다. 어머니의 사내를 허용했음에도 그 사내가 나라를 어지럽히는 것을 방기할 수밖에 없었던 것 또한 어머니 천추태후 때문이었다. 이제는 어머니의 사내가 감히 자기 아들을 내세워 권좌를 탈취하려고 하고 있었다. 이번만은 반드시 막아야 했다.

목종은 주마등처럼 스치는 어머니와의 세월을 떠올리며 한숨을 내쉬었다. 이제는 결단을 내려야 할 때라 여겼다.

"짐의 병이 점차 위독해져서 곧 죽게 되면 태조의 손자로는 오직 대량원군만이 남게 된다. 경은 최항과 더불어 평소에 충의가 있으니 마땅히 마음을 다해 (대량원군을) 바로 보필하여 사직이 다른 성(姓)으로 이어지지 않도록 하여야 할 것이다."

대량원군을 차기 왕위 계승자로 인정하니 데려오라는 얘기였다.

"분부 받잡겠나이다, 폐하."

채충순은 내전을 나오자마자 최항을 찾았다. 최항은 자가 내융이며, 본관은 경주인 고려의 문신이다. 최언위의 손자로, 991년 성종 때 문과에 장원 급제하여 내사사인이 되었다. 현종 대에는 왕의 명으로 고려 태조 이하 7대조의 실록을 편찬하게 되는 인물이다.

채충순이 최항에게 어명을 전하니 그 또한 고개를 끄덕였다.

"나도 항상 근심하였는데 지금 성상의 뜻이 이와 같으니 사직의 복입니다."

뜻이 같음을 확인한 두 사람은 왕의 뜻을 받들어 대량원군을 데려오기로 하였다.

이때 감찰어사 고영기가 두 사람을 찾아왔다. 유충정이 보낸 사람이었다.

"지금 성상께서 병으로 누워 계시는 중에, 간사한 무리가 기회를 엿보고 있으니 사직이 장차 다른 성씨에게 돌아가게 될까 두렵습니다. 만약 (성상의) 병세가 점점 더 위독해지면 마땅히 태조의 후손을 후계자로 세워야 할 것입니다."

전하는 말은 유충정 자신이 목종에게 보냈다는 봉서의 내용과 같았다.

채충순과 최항은 짐짓 놀란 척 되물었다.

"태조의 후손이 어디에 있다는 말이오?"

"대량원군이 계시지 않습니까? 왕위를 계승할 만한 분입니다."

채충선과 최항은 목종의 총애를 받는 유충정 또한 대

량원군의 옹립을 바라고 있다는 사실을 알게 되었다. 이것이야말로 '하늘의 뜻'이라는 생각마저 들었다. 두 사람은 유충정을 만나 함께 왕을 배알하였다.

이후 대량원군을 맞는 절차가 빠르게 논의되었다. 군교가 많으면 행동이 지체될 수 있었다. 긴박한 상황, 촉각을 다투는 일이었기에 10여 명의 문무관으로 하여금 지름길로 가서 대량원군을 맞이하게 했다. 유충정이 지목한 간사한 무리에 앞서 일을 실수 없이 처리하는 것이 급선무였다.

목종은 대량원군에게 보낼 서신을 채충순에게 쓰게 하면서 직접 먹을 갈기까지 하였다. 채충순이 황송하여 거듭 만류하였다.

"신이 먹을 갈아서 글을 쓸 것이니, 바라건대 성체를 수고롭게 하지 마시옵소서."

목종은 먹 가는 일을 멈추지 않은 채 대꾸하였다.

"마음이 심히 조급하여 힘든 줄도 모르겠구나."

서신의 내용은 이러하였다.

"예로부터 국가의 큰일은 미리 정해놓은 명분이 있어

야 사람들의 마음도 곧 안정되는 법이다. 지금 내가 병으로 침상에 눕자 간교하고 사특한 자들이 기회를 엿보고 있으니, 짐이 일찍이 이를 헤아리지 못하고 평소에 정해 놓은 명분이 없어 뭇 사람의 마음이 동요하였기 때문이다. 경은 마땅히 태조의 적손이니 속히 출발하도록 하라. 짐이 죽음에 이르기 전에 얼굴을 직접 대하고 종묘와 사직을 부촉하게 된다면 죽어서도 여한이 없을 것이다. 만약 남은 수명이 있다면 (그대를) 동궁에 머무르게 함으로써 여러 사람의 마음을 안정되게 하겠노라. 오는 길이 험난하다. 간교한 자들이 잠복하였다가 생각지도 않은 변고를 당할까 두려우니 경계하고 조심해서 오도록 하라."

목종은 이에 더하여 유행간에게는 절대 이 사실을 알리지 말 것을 채충순 등에게 당부하였다. 유행간이 다른 마음을 품고 있다는 사실을 왕 자신도 알고 있었던 것이다.

황보유의와 무반인 낭장 문연 등 10인은 왕의 서신에 담긴 뜻을 받들어 대량원군을 맞이하러 신혈사로 갔다. 목종은 다시 개성부 참군 김연경에게 명하여 군사 1백 명을 거느리고 교외에서 기다렸다가 그들을 안전하게 맞도록 하였다.

한편 목종은 이주정이 김치양과 한패라는 사실을 알고 있었다. 그는 이주정을 임시로 서북면도순검부사에 제수하여 그날 당장 떠나게 하였다. 대신 중추사 겸 서북면순검사로 있던 강조를 임지에서 불러들여 자신을 호위하도록 명하였다. 하지만 이러한 조치가 자신의 명을 재촉하는 정변으로 이어질 것이라고는 전혀 예상치 못하였다.

강조의 정변

    강조는 당시 중추사 겸 서북면도순검사였다.

    중추사란 종2품에 해당하는 관직으로, 성종 이후 출납·숙위·군기 등의 일을 관장하는 직책이었다. 헌종 원년(1095년) 추밀원사로, 충렬왕 때 밀직사사로, 공민왕 때 다시 추밀원사로 이름이 여러 차례 바뀌지만 여전히 당대 중앙의 요직이었다. 또한 서북면도순검사란, 북쪽 국경에 해당하는 서경 지역의 절도, 난동, 풍기 등을 단속하는 관직인데, 전란 시에는 지역의 단위를 넘어서는 군사의 인솔과 지휘를 담당하는 관직이었다. 이 두 가지 관직을 모두 겸임한 만큼 강조가 외직을 맡고 있다 하여도 그 직책이 결코 가볍지 않았음을 알 수 있다. 오히려 다음 대의 황도로 지목되어 많은 국가적 지원이 있었던 서경의 군사 지휘권을 소유한 만큼, 중앙을 비롯한 지방에까지 그의 영향력이 매우 컸으리라고 볼 수 있다.

강조는 자신을 호위하라는 목종의 명을 받자마자 군사를 이끌고 나섰다. 그가 동주의 용천역에 당도했을 때의 일이다.

내사주부 위종정과 안북 도호 장서기 최창이 그를 찾아와 말하였다.

"주상께서 병이 위독하시어 그 목숨이 경각에 달려 있습니다. 태후께서 김치양과 더불어 사직을 찬탈하고자 모의하였는데 공이 외방에서 많은 군사를 장악하고 있기 때문에 혹시 자신들의 뜻을 따르지 않을까 두려워하여 거짓 왕명을 꾸며 불러들인 것입니다. 족하께서는 속히 본도로 돌아가 의로운 병사들을 크게 일으켜 나라와 몸을 보전하셔야 할 것입니다. 시기를 놓치면 안 됩니다."

이에 강조는 이미 태후와 김치양이 조정을 장악했다 여기고 임지로 돌아갔다. 하지만 이는 위종정과 최창이 과거 조정에서 쫓겨난 깊은 원한 때문에 꾸며낸 거짓말이었다. 어떤 원한이 있었는지는 기록에 남아 있지 않다.

　문헌에는 이때, 태후 역시 강조가 황성에 오는 것을 꺼려 내신(內臣, 임금을 가까이서 모시던 신하)을 보내 절령(자비령)을 지키면서 오가는 사람들을 막게 했다고 기록되어 있다. 하지만 천추태후는 수하들을 시켜 궁 안의 곳곳에서 정보를 입수하고 있었다. 따라서 목종이 대량원군을 맞이하려고 한다는 움직임을 모를 리 만무했다. 또한 강조만 막는다고 해서 대량원군이 왕위에 오르는 것을 막을 수도 없는 일이었다. 태후가 마음만 먹으면 군대를 움직여 강조를 막을 수도 있을 것이고, 내전에 틀어박혀 나오지 않는 목종을 대신하여 대량원군을 역모죄로 다스릴 수도 있었을 것이다. 그럼에도 천추태후는 그리하지 않았다. 이러한 급박한 상황에서 자신의 권력을 쓰지 않았다. 내신을 보내 절령의 오가는 사람들을 막았다는 것이 사실이라 한들, 내신이 부하 몇백 명을 데리고 지켰다 한들 왕명을 받드는 강조를 막을 수 있었겠는가. 그녀는 애초에 이 일과는 무관하였다고 볼 수밖에 없다. 무관하기에 정변이 일어날 것이라고는 전혀 예상치 못했을 수도 있다.

그 사이, 태후가 강조를 절령에서 막았다는 것과 맥락을 같이 하는 기록이 있긴 하다. 강조를 염려한 그의 아비가, 부리던 종의 머리를 깎이고 묘향산 승려인 것처럼 위장시킨 후 절령을 빠져나가도록 하였다는 것이다. 종의 대나무 지팡이에는 강조의 아비가 아들에게 보내는 서찰이 숨겨져 있었다고 한다.

"왕은 이미 세상을 떠나시고 간사하고 흉악한 무리가 정사를 마음대로 하고 있으니 병사를 이끌고 와서 나라의 변란을 평정토록 하라."

그런데 이 서찰 내용 또한 거짓이었다는 것이 문제다. 태후의 내신을 피하기 위해 종을 변장시켜 보냈든, 이 과정이 모두 극적인 상황을 연출하여 태후를 대량원군의 반대 세력으로 몰기 위한 문헌들의 왜곡이었든, 서찰을 보낸 것이 사실이라면 결국은 강조의 아비가 보낸 거짓 서찰 때문에 정변이 일어났다고 볼 수 있다.

그가 무슨 의도로 강조에게 거짓 서찰을 보냈는지에 대한 기록은 남아 있지 않다. 그의 신분, 출신, 이름자조차 남아 있지 않으니 유추하는 데에도 한계가 있다. 다만, 강조의 아비가 거짓 서찰을 보낸 것이 사실이라면 대량원군을 옹립하려는 세력과 한통속이었을 가능성이 크다.

마침내 강조는 서북면도순검부사 이부시랑 이현운 등과 함께 무장한 병졸 5,000명을 거느리고 평주(지금의 황해도 평산)에 이르렀다. 하지만 곧 왕이 아직 죽지 않았음을 알게 되었다. 강조는 당황하지 않을 수 없었다.

강조가 망연자실 고개를 떨구고 있자, 좌우의 여러 장수가 그를 부추겼다.

"일이 이미 여기까지 진행되었으니 멈출 수는 없습니다."

강조 또한 더는 뒤로 물러날 길이 없다는 사실을 깨달았다. 그에 왕을 폐위시키기로 결심하였다.

한편 목종이 이미 대량원군을 맞이하러 보냈음을 알지 못한 채, 분사 감찰어사 김응인에게 병사들을 주어 대량원군을 맞아오게 지시하였다.

문헌에는 강조가 처음부터 역심을 품고 출발한 것이 아니었다고 기술하고 있다. 왕의 다음 자리를 놓고 간악한 역도들이 정사를 농단한다 하니, 이들을 처단하기 위해 분연히 일어선 것이라고 하였다. 그런데 아비의 서찰 내용과는 반대로 왕이 살아 있었다. 물론 애초에 신변의 보호를 위해 상경하라 명한 것은 목종이었다. 이때도 늦지 않았다. 마음을 달리 먹고 다시 왕을 보호하기 위하여 황성으로 향하면 되었다. 그런데 강조는 그리하지 않았다.

강조는 오히려 목종에게 장계를 올려 간신들의 폐행을 지적하고 이로 인한 왕의 잘못을 나무라기까지 하였다.

"성상께서는 병이 점점 깊어지시는데 나라의 근본은 아직 정해지지 않아서 간사한 무리가 기회를 엿보고 있습니다. 또 유행간 등의 참소와 아첨만을 믿으시어 상과 벌을 내림이 사리에 맞지 않았기에 지금의 이 위태롭고 어지러운 지경에 이르게 되었습니다. 이제 명분을 바로잡아 사람들의 마음을 붙잡아 매고, 악한 무리를 제거하여 뭇사람의 원통함을 씻어주고자 합니다. 이미 대량원군을 맞이하여 궁궐로 나아가고 있는데 혹여 성상께서 놀라 동요하실까 두려우니, 바라건대 용흥사나 귀법사에 나가 계시면 간사한 무리를 소탕한 후에 맞아들일 것입니다."

여기에서 이해할 수 없는 부분이 있다. '대량원군을 맞이하여 궁궐로 오고 있으니 왕은 나가 계시라, 간사한 무리를 소탕한 후에 다시 모시겠다'는 부분이다. 왕을 몰아내겠다는 소리는 없으면서 대량원군은 궁궐로 모시고 오겠다는 말은 무엇인가? 그 나름의 왕에 대한 배려였을까? '왕을 등에 업은 간사한 무리를 소탕한 후 대량원군을 왕위에 올릴 터이니 조용히 물러가 계시는 것이 좋을 것이다'라는 반협박이라고 볼 수밖에 없다. 이미 강조는 왕을 폐위하고 대량원군을 옹립할 계획이었다. 간신들에 에워싸여 왕 노릇을 제대로 하지 못하는 목종보다, 많은 지지 세력을 확보한 대량원군을 세우는 것이 옳다고 여겼던 것이다.

이날, 목종이 보낸 황보유의 등과 강조가 보낸 김응인이 동시에 신혈사에 도착하였다.

"대량원군께서는 이곳에 계시지 않는다."

절의 승려들은 그들이 대량원군을 암살하러 온 것이

라 여기고 필사적으로 막았다.

"우리는 폐하의 명을 받자와 다음 보위에 오르실 왕을 모시러 왔다."

황보유의의 설득에 승려들이 물러났고, 그제야 대량원군이 밖으로 나왔다. 목종이 보낸 서신을 받은 대량원군은 상황이 급박하다는 것을 깨닫고 속히 궁으로 떠났다. 황보유의와 김웅인이 그를 호위하였다.

그 사이 강조와 함께 출동했던 이현운이 병사들을 거느리고 영추문에 먼저 도착했다. 그는 성문 안으로 들어오기가 무섭게 큰 소리로 소란을 피웠다.

"왕의 총애를 이용하여 사익을 취하고 조정의 질서를 어지럽힌 유행간 일당과 감히 왕족인 대량원군을 암살하려 하고 태후의 권력을 이용하여 사리사욕을 채운 김치양은 당장 나와 오라를 받으라!"

뒤이어 강조도 대초문에 이르렀다. 그는 호상에 걸터앉아 이현운이 하는 양을 지켜보기 시작했다.

"태양이 붉은 장막을 쳐놓은 것 같구나."

그제야 목종은 자신이 부른 강조가 자신을 폐위시키

기 위해 궁에 난입했다는 사실을 깨닫고 탄식하였다. 태양이 마지막 빛을 다하는 순간 붉게 발하듯, 도성에 붉은 피비린내가 낭자했다. 천추태후 역시 이 모든 사달이 김치양과 유행간으로부터 비롯되었음을 알고 분통을 터트렸다. 이때 제 사람이라 여겼던 김치양을 몰아쳤을 것이다.

"그대가 대체 무엇을 한 것인가? 대량원군을 암살하려고 했다고? 감히 태조의 혈육인 대량원군을 말인가?"

대전 안에 모인 대소신료들은 이 사태를 어찌 해결해야 좋을지에 대한 논의만 거듭하였을 뿐, 아무런 답도 내지 못했다. 이미 대전의 호위 무사들은 강조의 군사들에게 진압당해 있었다. 대전에 있던 탁사정과 하공진은 바로 목종에게 등을 돌렸다. 그들은 처음부터 대량원군을 옹립하고자 했었다. 최항 역시 대량원군을 옹립하는 것에 동의하고 계획한 인물이었다. 하지만 금상인 목종을 배신하려고 한 것은 아니었기에 이 상황을 묵과하지만은 않았다. 그는 군사들을 이끌고 난입하여 정변을 일으킨 강조를 나무랐다.

"왕을 호위하라 불러온 자가 궁에 난입하여 왕을 겁박하다니, 옛날에도 이러한 일이 있었는가?"

강조는 최항의 말에 전혀 아랑곳하지 않은 채 대꾸조차 하지 않았다.

이어 강조의 군사들이 궁을 점거하였다. 목종도, 천추태후도 더 이상 피할 도리가 없음을 깨달았다. 두 사람은 이 난국을 피하기 위하여 법왕사로 가기로 하였다. 하루아침에 모든 것을 잃고 궁에서 쫓겨난 두 사람은, 하늘을 우러러 목 놓아 울었다. 궁인, 내시, 채충순, 유충정 등이 뒤를 따랐다.

강조는 끝내 목종을 폐하여 양국공으로 삼고 합문통사사 부암 등으로 하여금 그를 감시하게 하였다. 1009년 2월 기축일, 드디어 대량원군 왕순이 연총전에서 즉위하였다. 그가 바로 제8대 왕 현종이다.

강조는 이어 병사를 보내 김치양과 그의 아들, 유행간 등 7명을 죽이고 그 일파와 태후의 친속 30여 명을 섬으로 유배 보냈다. 국정 농단의 주역들을 제거하고, 태후 일가의 반격을 막기 위해 사지를 잘라 버린 것이다.

목종과 천추태후는 그 무엇도 챙길 사이도 없이 궁에서 쫓겨 나온 상황이었다.

존귀한 이들이 말 한 필 없이 걷기에는 쉬운 길이 아니었다. 목종은 법왕사로 가는 길에 강조에게 최항을 보냈다. 말을 내어 달라는 부탁을 하기 위해서였다. 하지만 강조는 고작 말 1필만을 보내주었다. 그 어떤 편의도 봐줄 용의가 없다는 노골적인 의사 표현이었다. 할 수 없이 인가에서 말 한 필을 더 취해 왕과 태후가 나란히 타고 선인문을 나갈 수밖에 없었다. 귀법사에 이르러서는 먹을 것을 구하지 못해 어의를 벗어 음식과 바꾸어야 했다.

유배길도 이러하지는 않을 터이기에 천추태후의 가슴에서는 피눈물이 흘렀다. 아들과 지아비나 다를 바 없이 곁을 내주었던 연인이 한날 한시에 시해당했다. 고려의 지존인 또 다른 아들, 목종마저 폐위되었다. 측근들도 모두 유배되었다. 사지가 잘리고 목숨만 붙어 있으니 살아도 사는 게 아니었다.

"아아…."

그녀는 거친 길을 가는 내내 눈물과 탄식으로 넋이 나

가 있었다. 말 위에 앉은 그녀의 모습에서는 천하를 호령하던 기세는 전혀 찾아볼 수 없었고, 그녀는 그저 세상 모든 것을 잃은 불쌍한 여인네에 불과하였다. 반면, 목종은 모든 것을 초탈한 듯 의연하였다. 그는 눈물도 멈춘 채 입을 꾹 다물고 하늘만 응시하였다.

그 사이 강조가 최항을 소환하였다. 목종과 천추태후로부터 호종하는 신하들마저 떼어놓기 위해서였다.

목종은 순순히 최항을 보내주었다. 대신 최항을 통해 현종에게 전언을 보냈다.

"근자에 대부의 창고에 불이 나고 갑자기 변란이 일어난 것은 모두 내가 덕이 부족하였기 때문이니, 다시 무슨 원망할 것이 있겠는가. 다만 바라건대 시골에 내려가 노년을 보내고자 하니, 경이 새 왕에게 아뢰고, 또 그를 잘 보좌하도록 하라."

목종은 태후를 모시고 충주로 향하였다. 호종하던 신하들 모두 떠났기에 친히 태후의 밥상을 차려 음식 그릇을 받들고, 태후의 말 고삐를 잡았다. 이제는 모든 정념과 권세에 대한 아쉬움마저 내려놓고 말 그대로 한적한 시골에 내려가 남은 생을 보낼 수 있기만을 진심으로 바랐다. 어차피 왕좌는 그에게 맞지 않는 옷이었다. 운명적으로 주어진 자리, 어머니가 그토록 바라던 바였기에 버거운 무게를 느끼면서도 버티고 있었던 것뿐이다.

이때 두 사람은 그동안 나누지 못했던, 모자간에 쌓여 있던 회한을 나누었을 것이라 여겨진다. 권력도, 재물도, 하물며 신분마저 잃은 두 사람에게 남은 것이라고는 서로 뿐이었기 때문이다.

"어마마마, 송구하옵니다. 남은 것으로 이것밖에 준비하지 못했나이다."

목종은 비단 어의를 팔아 준비한 마지막 밥과 고깃국물을 어미에게 내밀며 고개를 떨어뜨렸다. 무심히 숟갈을 받아든 천추태후는 숟갈 가득히 밥을 떠 목종의 입에 가만히 가져다 주었다.

"어서 드십시오. 먼저 옥체를 보존하셔야 합니다. 어서."

아이를 다루는 듯한 태후의 행동에 목종은 눈물을 왈칵 쏟고야 말았다.

"어마마마, 소자가 잘못 생각하였나이다."

"주상이 무엇을 잘못했다는 말입니까? 이 모든 것은 주상과 나를 음해하고 대량원군을 왕위에 올리려고 변을 일으킨 자들의 역모 때문에 생긴 일입니다."

"아닙니다. 소자가 유행간과 유충정을 곁에 두고 정사를 등한시했기에 생긴 일이옵니다. 그들이 입 속의 혀처럼, 눈 안의 동자처럼 굴면서 소자의 눈을 가리고 있을 때, 어마마마께서 무어라 하셨습니까? 그들은 천하를 다스리는 군주에게 결코 도움이 되는 자들이 아니니 멀리하라 하셨지요. 최항과 채충순과 같은 충의 있는 이들을 가까이해야 한다고 누차 말씀하셨지요. 하지만 소자는 그러지 못하였나이다. 그래서 이런 일을 당하게 된 것이옵니다. 태조 대왕의 유조를 지켜 이 나라 고려를 건실히 다져야 할 왕으로서 결코 해서는 안 될 일을 하였나이다."

그제야 천추태후의 정신이 바짝 돌아왔다. 하나밖에 남지 않은 아들의 몰락을 이대로 보고 있을 수만은 없다는 생각이 그녀의 놓쳐버린 의식을 깨어나게 하였다. 섭정할 당시만 해도 그랬다. 왕좌를 노리고 전복을 꾀하려는 무리로부터 아들을 지키기 위해 보필한다는 것이 섭정이라는 월권을 행사하게 되었을 뿐이다. 결코 권력욕에 취해 아들인 왕의 머리 위에 올라앉아 세상을 쥐락펴락하려고 하였던 것이 아니다.

천추태후는 다정하게 아들의 머리를 쓰다듬었다. 볼을 따라 땟국물 섞인 검은 눈물이 끊임없이 흘러내렸다.

"이 어미의 잘못입니다. 주상에게 힘이 되어주고자 김치양을 불러들였건만, 그자도 다른 배역자들과 다르지 않다는 사실을 깨닫지 못했습니다. 김치양이 나라를 망쳤고, 유행간과 유충정이 또 다른 '김치양'이 되어 나라를 망쳤기에 이런 사달이 난 것입니다. 이 모든 것은 이 어미의 욕심 때문에 생긴 일입니다. 하지만 너무 걱정하지 마십시오. 황주와 동주에는 나를 지켜줄 세력들이 남아 있습니다. 강조가 나의 측근들을 유배 보냈다고는 하나, 일부에 지나지 않습니다. 그들을 움직일 수만 있다면 강조와 대량원군을 몰아내고 다시 주상을 왕위에 올릴 수 있을 겁니다. 내가 하지요. 이 어미가 주상을 반드시 지킬 겁니다."

목종의 슬픈 눈빛이 잠시 흔들리는 듯했다. 하지만 곧 고개를 가로저었다.

"최항에게 일러 보낸 전언이 있습니다. 대량원군에게 나의 후일은 염려하지 말라는 말을 전하게 하였습니다. 아무런 욕심이 없으니 염려 말고 정사를 도모하라는 의미였습니다. 이제 종묘사직은 대량원군이 맡아야 할 일입니다. 소자는 정녕코 아무런 욕심도 없나이다."

전에 없이 단호하고 결연한 목종의 말이었다.

하지만 천추태후로서는 받아들이기 힘든 일이었다. 아무리 생각해도 이건 도무지 말이 되지 않는 일이었다.

"감히 일개 장수 따위가 대 고려의 황제를 갈아치우다니…. 금상이 버젓이 존재하는데 어찌 감히…. 주상이 그를 믿어 불러들였건만, 그게 인두겁을 쓰고 할 짓입니까?"

목종은 다시 한번 조용히 고개를 가로저었다. 입가에 그려진 희미한 미소가 그의 확고한 의지를 다시 한번 확인시켜주었다.

천추태후는 더는 그의 의지를 꺾을 수 없음을 깨달았다. 그녀의 어깨에 바짝 들어갔던 힘이 맥없이 풀려 버렸다. 그녀는 목종의 뜻을 거스를 수 없었다. 그가 바로 그녀의 천하였고, 그가 있어 그녀의 고려가 존재하기 때문이었다.

"정히 성상의 뜻이 그러하다면 이 어미도 따르겠습니다."

천추태후의 눈앞에 허무하게 무너진 지난 세월이 주마등처럼 스쳐 지나갔다. 태조의 핏줄들이 끊임없이 죽이고 또 죽어 나가는 꼴을 신물이 날 정도로 보아왔다. 왕좌가 대체 무엇이라고, 지긋지긋할 정도로 집착하고 목숨을 내어놓으면서까지 끊임없이 달려드는 걸까? 태조의 핏줄로 태어나 태조의 또 다른 핏줄과 혼인하고 대를 이을 그 핏줄을 낳아, 바람 잘 날 없는 왕좌에 그 핏줄을 앉혔건만 다시 또 다른 태조의 핏줄을 세우겠다고 정변을 일으켜 내치다니 이 무슨 해괴한 짓거리들인가? 이 나라 고려 왕손들은 정녕 저주받은 핏줄이란 말인가? 그 핏줄로 태어나 한순간이라도 행복한 날이 있었던가?

순간 죽은 김치양의 아들이 떠올랐다. 어리고 고운 아들이여. 그 어린 것은 죄가 없다. 그럼에도 이번에는 태조의 핏줄이 아니었다는 이유로 죽음을 맞아야 하지 않았던가. 이 나라의 수많은 선량한 백성이 바라는 것은 그저 거르지 않아도 되는 한 끼의 끼니일 뿐, 누가 왕이 되어도 되는 것이 아니었을까? 그녀가 바라던 바 또한 그만큼이나 작은 소망이었다. 백성이 평화로운 나라, 전통을 지키며 저잣거리에서 자유롭게 웃고 떠드는 나라에서, 왕이 왕노릇을 잘하는 동안 백성들은 이를 즐길 수 있는, 태조의 유훈이 흔들림 없이 지켜지는 나라를 만들고 싶었다. 그곳에서 그녀가 여인으로서 품어 왔던 아주 작은 바람 하나를 이루려 했건만, 그게 그토록 큰 죄였던가.

천추태후가 후회와 아쉬움에 통분하다가 다시 낙백(落魄, 넋을 잃음)해 있는 동안, 목종은 그녀의 말고삐를 잡고 끝없는 길을 걸었다. 자신의 말은 이미 땟거리를 구하기 위해 팔아치운 후였다. 여느 효자 아들과 별다를 바 없는 행위였기에 지나는 누구도 그들의 행보를 별반 관심을 두지 않았다.

그런데 이를 알 리 없는 강조는 또 다른 계략을 꾸미고 있었다. 최항을 통해 목종이 현종에게 전하는 전언도

들었으나 믿지 않았다. 혹여 남아 있을 목종과 천추태후 세력을 뿌리 뽑기 위해서는 근본적인 희생이 필요하다고 판단했다.

강조는 폐위된 왕과 태후의 행차가 적성현에 이르기를 기다렸다가 이 상황을 마무리하고자 하였다. 그는 목종에게 상약직장 김광보를 보냈다.

목종은 매양 내전으로 자신의 탕약을 달여 내오던 그의 낯을 잘 기억하고 있었다.

"무슨 일인가, 상약직장."

"송구하오나, 중대사가 보낸 탕약이오니⋯."

중대사라면 현종이 권좌에 오르면서 강조에게 내린 직책이었다. 왕을 폐위시킨 자가 폐왕에게 탕약을 보내다니 뜨악한 일이 아닐 수 없었다. 이는 필시 독약임이 틀림없었다.

"나의 보양을 도모하던 그대가 이제는 나에게 독약을 주는 겐가?"

김광보는 목종이 눈치 챈 것을 알고 잠시 머뭇거렸다. 아직 현종이 목종의 거취를 결정한 바가 없었다. 자칫 목종에게 독약을 먹이려고 시도한 것만으로도 구족이 멸할 중죄가 될 수도 있었다. 지금에 와서 멈춘다 한들, 죄가 사하여지지도 않을 것이다. 그렇다고 이제 막 새 왕을 즉위시키고 그 위세가 하늘을 찌르는 강조의 지시를 어길 수도 없었다.

그는 중금군 안패를 불러 말하였다.

"중대사의 전언이오. 만약 폐왕에게 독을 먹이지 못하면 중금의 군사로 하여금 큰일을 치르게 한 후에 자살하였다고 보고하라 하였소. 그리하지 않으면 이 일로 인해 나와 그대의 집안은 모두 멸족을 면치 못할 것이오."

안패도 잠시 머뭇거리기는 하였지만, 군 통수권을 비롯한 모든 권력을 쥐고 있는 강조의 명을 어길 수는 없었다.

결국 그날 밤, 안패 등이 목종을 시해하였다. 또한 지시한 대로 자결하였다고 거짓으로 아뢰었다. 뜯어낸 문짝으로 관을 만들어 목종의 시신을 입관한 후 객사에 임시로 안치하였다. 달을 넘겨서야 목종의 시신은 화장되었다.

목종의 재위 기간은 12년이고, 수는 30세였다. 천추전에 불이 나 병을 앓은 지 불과 17일 만의 일이었다.

천추태후는 마지막 하나 남은 아들의 죽음마저 지켜보고만 있어야 했다. 사랑하는 이들 중 누구도 지켜내지 못한 무능한 여인, 죽은 새의 털보다 못한 아무짝에도 쓸모없는 권력의 허무함, 그녀의 심장은 이미 죽은 것이나 진배없었다.

이때 태후의 행보를 두고 『고려사절요』에는 "황주로 되돌아갔다"라고 기술되어 있고, 『동국통감』에는 "황주로 도망갔다"라고 쓰여 있다. 도망간 것도 맞고 되돌아간 것도 맞을 것이다. 도망하였으나 금군이 쫓지 않았기에 되돌아갔다고 기술한 것으로 생각된다.

어차피 목종은 시해되었고, 새 임금이 등극하였다. 강조는 정권의 중심에서 목종을 시위하던 이들과 천추태후를 추종하던 이들을 모두 시해하거나 유배 보냈다. 다만 존재만으로도 후환이 될 수 있는 목종이야 시해할 수 있다 치더라도 사지가 잘린 천추태후까지 시해하는 것은 명분이 없었다. 물론 더 이상 천추태후의 부활을 염려할 필요도 없었다. 게다가 천추태후는 현종의 이모였다. 현종의 어린 시절, 성종의 그늘 아래에서 실질적으로 목종과 함께 놀리고 키운 사람은 천추태후였다. 따라서 현종에게 천추태후는 어머니와 같은 존재였다. 괜한 분란을 일으킬 필요도, 아직까지 황주에 세력을 갖고 있는 황보씨 가문을 자극할 필요도 없었던 것이다.

『고려사』에는 다음과 같은 기록이 있다. "(목종의 시해 사건에 대하여) 관리와 평민을 막론하고 통분히 여기지 않는 사람이 없었다. 그러나 현종은 그것을 모르고 있다가 거란이 침입하여 문죄하였을 때에야 비로소 알게 되었다. 현종 3년에 왕성 동쪽으로 이장하고 능호를 의릉으로 고쳤으며 시호를 선양, 묘호를 목종이라 하였다."

경황 없이 왕의 자리에 올랐다 하더라도 현종이 목종의 시해 사건의 전말을 몰랐다는 것은 이해할 수 없는 부분이다. 관리와 평민들 모두 통분히 여길 정도로 알려져 있었고, 차후 거란과의 두 번째 전쟁의 명분이 되었던 사건이다. 추측하건데 현종이 이 사실을 알았다면 선왕 시해에 대한 책임이 그에게 있는 게 되므로, 이를 모르는 척

하지 않았을까 싶다. 모든 책임을 강조에게 돌리고 선양의 정당성을 지켜내려고 하였을 것이다. 목종 재위 시 왕좌에 대한 포부를 드러내는 시를 지으면서 때를 기다린 현종이라면 충분히 그럴 수 있었으리라.

이제현은 목종에 대해 다음과 같이 평하였다.

"경부는 노나라의 예법을 위반하였고, (여)불위는 진나라의 화근을 빚어냈으며 제 환공은 자기 시체에서 벌레가 생기는데도 거두는 자가 없었고, 진시황은 사구에서 객사하였으니 이런 사람들이 어찌 만대의 치욕을 모면할 수 있겠는가?

목종은 이런 사람들의 실패를 교훈 삼아 일의 시초부터 합당한 방비를 하지 않았다가 결국 모자가 함께 화를 입고 왕실을 거의 망칠 뻔하였다.

아아! 목종의 불행은 오히려 불행이 아니로다."

이후 천추태후는 황주에서 21년간 살다가 66세가 되던 해인 현종 20년(1029년) 정월 숭덕궁에서 조용하게 죽음을 맞았다. 현종이 유릉에 장사 지냈다.

제 6 장

왜곡된 천추태후의 역사

　고려의 역사를 기록한 당대에 편찬된 사료들은 현재 남아 있지 않다. 태조부터 목종 대까지의 기록인 『7대 실록』은 현종 대에 고려와 거란의 2차 전쟁으로 모두 소실되었고, 현종 4년부터 간행된 『7대 사적』은 이전 감수국사와 수국사가 죽거나 관직에서 물러난 뒤 황주량에 의해 주도되었는데 이 또한 남아 있지 않다.

　이어 덕종 대에 소략한 『7대 사적』 중에서 태조 왕건에 관한 역사부터 수정·증보하면서 이를 『태조실록』이라고 하였다. 이후에도 역대 왕들의 실록은 계속해서 편찬되었으며 마지막 왕인 공양왕의 경우에만 1398년 조선시대에 들어서야 편찬되었다. 하지만 이 기록들은 『고려사』

와 『고려사절요』를 편찬하는 데 사용된 이후, 춘추관에 보관되었다가 소실되었다.

앞서도 여러 번 언급했듯, 이러한 연유로 『고려사』와 『고려사절요』등의 내용은 현종 이후, 그의 혈통을 이은 왕들에 의해 편찬된 서적의 내용을 따랐다 고 볼 수 있으며 그 이전 목종 대의 내용이 과장·왜곡·폄훼되었을 소지가 매우 크다.

특히 천추태후와 그와 관련한 인물에 대한 내용 중에는 왜곡되었을 것으로 추정되는 여러 가지 내용이 있다. 첫째는 천추태후를 음란한 여인으로 바라보는 시각이다. 이는 남녀 차별이 심하고, 여성의 자유를 억압하였던 유교 국가인 조선에서는 충분히 이해할 수 있겠으나 자유롭고 차별 없는 풍속에 살던 고려 여인을 두고 하는 평가라면 분명히 문제가 있다. '지고지순'이라고까지 말하기는 애매할 수 있으나, 경종 사후, 천추태후에게는 오직 단 하나의 사내 뿐이었기 때문이다. 무엇을 근거로 음탕하고 음란하다고 평가한 것인지, 그저 정식으로 혼례를 하지 않은 두 남녀의 관계를 두고 하는 삿대질이라면 부당하다고밖에 볼 수 없다.

둘째는 천추태후가 김치양과의 사이에서 태어난 아들을 왕위에 올리기 위해 대량원군을 죽이려 했다는 부분이다. 누군가가 대량원군을 죽이려고 했다는 직접적인 증거는, 오로지 대량원군이 목종에게 보낸 서신의 내용뿐이다. 그 서신에서조차 태후의 이름은 올라가 있지 않다. 김치양일 수도 있고, 대량원군 자신의 자자극일 수도 있다고 앞서 언급한 바 있다.

설혹 천추태후가 대량원군을 죽이려고 한 것이 사실이라 할지라도, 왕을 대신하여 섭정했던 천추태후가 할 수 없는 일이 무엇이었겠는가? 원한다면 '피의 군주' 광종대처럼 대량원군과 그를 추종하는 일파를 중상모략하여 모두 제거하는 등 패악을 떨었을 수도 있었다. 하지만 그런 정황은 어디에서도 찾아볼 수가 없다.

셋째는 김치양이 일으켰다는 '난'의 실체다. 유충정이 목종에게 봉서를 보냈다. 김치양이 제 아들을 왕위에 올리려고 한다는 내용이었다. 그런데 그러한 행위, 즉 '난'을 일으키기 위해 준비해야 할 첫 번째 요건인 '군대'가 준비되어 있지 않았다. 사병이라도 철저히 준비하여 목종을 근시(近侍, 곁에서 모심)하는 신하들과 군사들을 내쫓고 왕을 위협하여 일을 도모하거나, 대량원군을 옹립하려는 세력을 제거해야 난이 성립된다. 하지만 그런 정황은 어디에서도 찾아볼 수가 없다.

우복야 겸 삼사사로서 백관의 임명과 재정, 행정 등을 맡아보던 그가 전횡을 일삼았다고 하였는데 만일 그것이 사실이라면 조정 안에 그의 측근이 많이 포진되어 있었을 것이다. 그럼에도 강조를 대신하여 서북면으로 이임된 이주정 외에 김치양의 세력으로 알려진 이는 거의 없었다. 더욱이 강조에 의해 유배된 무리라고 해봐야 김치양, 유행간 일파를 비롯한 천추태후의 친속 30여 명이 고작이었다. 즉, 김치양이 난을 일으킬 만한 군대도, 세력 기반도 갖추지 못하였던 상태에서 '난'을 일으키려고 하였다는 것은 실체도 없는 모략일 수 있다는 점이다.

천추태후 또한 강조의 상경을 막기 위해 내신을 보내 절령을 오가는 이들을 감시하였다고 하는데, 군대를 막는데 군대도 아닌, 내신을 보냈다는 사실은 전혀 납득되지 않는 부분이라고 앞서 언급한 바 있다. 최소한 강조가 5,000의 군사를 이끌고 상경하였을 때 절령에서 누군가와의 무력 충돌이 있었다거나, 황성 앞에서라도 이를 막으려는 시도라도 있었어야 하는데 그러한 기록은 어디에서도 확인할 수가 없다.

이런 허술한 상황을 두고 어찌 역모를 꾸미고 있다고할 수 있으며, 후대 사학자들에 의해 '난'이라는 극단적인 단어로 표현할 수 있는가? 특히 섭정하여 권세를 누리던 천추태후가 역모에 관여한 것처럼 절령에 내신을 보냈다 하였는데도 군대를 동원하여 막았다는 기술이 없다는 점에 대해서는 반드시 사서의 왜곡된 기록을 다시 해석해야 한다.

또한 천추전의 화재 이후, 병을 얻어 내전에 은신하듯 들어앉은 목종의 주변 상황을 주목하자. 여러 신료가 내전 안팎에서 교대로 숙직하였다는 기록만 보아도 목종을 움직여 자신의 뜻을 도모하려던 두 개 이상의 세력이 등 뒤에 칼을 숨기고 기회를 노리려고 했던 상황으로 보인다.

목종의 주변에 유행간과 이주정을 제외한 나머지 인물들 중의 상당수가 대량원군을 추대하거나, 이후 대량원군 세력으로 돌아섰다. 목종 대에 사찰로 밀려나 있던 대량원군 세력이 어떻게 중앙 정계에 이리 많이 포진되어 있었는지 의문이 들 정도다. 전횡한 자들에 대한 반심을 품고 있다가 단순 변심하였다고 보기에는 실로 괴이한 일이 아닐 수 없다. 이를 통해 이미 대량원군을 옹립하려는 세력이 이미 모든 계략을 준비하고 있다가 목종의 병을 빌미로 정변을 일으켰으며 이를 정당화하기 위해 김치양이 난을 일으키려고 한다는 소문을 퍼트리지 않았을까 하는 추측이 가능하다.

마지막으로 목종이 대량원군에게 왕위를 양위하려고 하였다는 부분조차 의문이다. 대량원군을 선택한 것은 유일한 태조 대왕의 자손이라는 이유 때문이라고 하였다. 그런데 앞서 언급했듯이, 그 외에도 태조의 자손들은 여전히 살아 있었다. 오히려 양주가 모두 태조의 자손이기는 하나, 정식 혼인이 아닌 사통을 하여 낳은 대량원군이야말로 대통을 잇는 데 문제가 될 소지가 있다. 그럼에도 굳이 대량원군을 유일한 태조 대왕의 자손으로 일컫고, 그를 차기 왕으로 옹립하려던 목종을 시해하기까지 하였다는 사실은 아무래도 무리가 있다.

이는 대량원군이 왕위에 오른 것이 '강조의 정변' 때문이기는 하나, 목종 또한 그를 차기 왕으로 옹립하려고 하였다는 내용으로 정당한 절차에 따른 선양이었음을 강조하고, 또한 모두가 추종하는 현종의 면모를 과시하기 위한 기록, 내지 조작이라고밖에 볼 수 없다.

이러한 시각에서 본다면 목종이 대량원군에게 선양하려고 하였다는 사실은 물론 자신의 호위를 위해 강조를 불러들였다는 내용조차 조작일 수 있다. 어쩌면 강조는 처음부터 정변을 준비하고 있었을 수도 있다. 그 아비든 강조 자신이든 이미 대량원군 세력과 결탁하였을 것이다.

서강대학교 장종진 씨의 논문인「고려 목종 12년의 정변과 강조의 역할」에 이와 같은 내용이 기술되어 있다.

"1010년 12월 서경이 거란에 함락당하자, 현종은 채충순, 지채문 등 50여 명의 호종을 받은 채 이듬해 2월까지 피난을 다녔다. 그 과정에서 현종은 도적과 향리의 침입, 그리고 절도사의 행패에 시달렸다. 이전 거란의 침입 시 성종이 서경까지 군사를 친솔하여 적을 막으려 했던 사실에 반해, 피난 가던 현종이 지방관·민에게 대우받는 것은 현실적으로 한계가 있었을 것은 분명하다. 하지만 그 같은 사실은 우선적으로 목종의 폐위 및 현종의 즉위가 지방 지배층이나 지방민에게 명분이나 정당성 측면에서 충분히 인정받지 못하고 있음을 드러내는 것이 아닐까 한다."

당시는 목종의 폐위나 현종의 즉위 과정이 이를 주도한 세력들 외 백성들에게까지 인정받기에는 충분치 못할 만큼 민심이 목종에게서 돌아선 것은 아니었을 것이라는 주장이다. 현종이 옹립된 것은 순전히 정파 싸움일 뿐, 이유야 목종과 천추태후가 총애하는 간신들로 인해 생긴 패악 때문이라 할지언정, 그것은 현종의 빼어난 인품이나 태조의 하나 남은 혈육이라서, 또는 민심에 의한 갈망 따위는 아니었다는 방증이기도 하다.

현종 사후, 거의 80년 동안 그의 자손들이 왕위를 이었다. 그들이 기술한 사료를 답습한 조선시대의 고려사 관련 문헌 내용에 왜곡된 부분이 있었다는 것은 부정할 수 없는 사실인 셈이다.

현종의 치세

현종 즉위 원년(1009년), 고려는 다시금 거란에 침략 당하게 되었다. 성종 대에 1차 침략 이후, 두 번째 침략이고 전쟁이었다.

일찍이 상서좌사낭중 하공진이 임의로 군대를 동원하여 동여진의 촌락을 치려고 하다가 패배한 일이 있었다. 이를 화주방어낭중 유종이 분하게 여기고 있던 차에 마침 여진족 95명이 고려 조정에 입조한다는 사실을 알게 되었다. 유종은 화주관에서 이들을 모두 죽였다.

이에 여진은 거란에 이 사실을 고하고 억울함을 호소하였다. 호시탐탐 고려 침입을 노리던 거란 황제에게는 더할 나위 없는 명분이 생긴 셈이다.

당시 거란의 군주는 제6대 황제인 야율문수노였다. 요의 성종으로 거란 최고의 성군으로 불리는 인물이었다.

"고려의 강조는 임금을 죽인 대역 죄인이니, 군사를 일으켜 죄를 묻겠다."

거란은 급사중 양병과 대장군 나율윤을 고려에 보내 목종이 죽은 과정에 대해 힐문하였다. 이에 현종은 관리들을 여러 차례 거란으로 보내 문안하는가 하면 거란과 우호 관계를 맺도록 하였다.

물론 그 와중에 참지정사 관직을 하사받은 강조를 행영도통사로 삼고 거란의 침입에 대비하여 군사 30만 명으로 하여금 통주(지금의 평안북도 선천군)에 진지를 구축하도록 하였다. 하지만 그러한 노력에도 불구하고 거란 황제는 11월에 장군 소응을 보내 정벌을 통보하더니 친히 보병과 기병 40만을 거느리고 압록강을 건너 흥화진을 포위하였다.

이때 흥화진을 굳게 지켜낸 이들이 양규와 이수화였다. 그들이 항복하지 않자, 거란 황제는 양규에게 서신을 보내어 항복을 종용하고, 목종을 시해한 강조를 압송해

오면 회군하겠다고 하였다. 하지만 당시 고려 왕을 쥐락 펴락할 정도로 위세가 등등했던 강조를 적에게 보낼 수 있는 사람은 고려 조정에 아무도 없었다. 고려 조정이 이를 거부하자 거란은 인주(의주)의 남쪽 무로대에 주둔시킨 20만을 제외한 나머지 20만을 이끌고 통주로 진격하였다. 이 싸움에서 패한 강조는 포로가 되었다가 결국 죽임을 당하였다.

거란은 곽주(평안북도 곽산군)와 서경에 이르러 중흥사의 탑을 불태웠으며 이듬해(1010년) 1월에 개경까지 밀어닥쳐 궁궐을 소각하고 민가를 불살랐다. 이때 대부분의 사서가 소실되었다.

현종은 양주에 있었는데 거란군과는 10여 리 떨어진 거리였다. 자칫 왕이 사로잡힐 수도 있었던 위기였다.

이때, 유배에서 풀려난 하공진이 거란군 선봉을 찾아가 거짓 정보를 흘렸다.

"고려왕은 이미 남쪽 수천 리 밖으로 피했으니 따라잡을 수 없을 것이오." 자칫 왕이 사로잡힐 것을 염려하여 거짓을 전하고 추적을 단념케 하였던 것이다. 현종은 그 사이에 비뇌역(경기도 광주와 양성 사이)을 거쳐 수다역, 나주까지 몽진할 수 있었다.

이후 양규와 김숙흥이 이끄는 천여 명의 병력이 치고 빠지는 전술로 7차에 걸친 전투를 치러내며 거란군 수만을 죽였다. 안타깝게도 양규와 김숙흥은 전투 중에 전사하였지만, 기진맥진한 거란군은 퇴각하기에 이르렀다. 그렇게 고려와 거란 간의 2차 전쟁은 고려의 승리로 끝났다.

개경으로 돌아온 현종은 바로 전후 수습을 시작했다. 백관을 다시 세우고, 공을 세운 자를 포상하였으며 거란에 협조하거나 항복한 자를 처벌하였다. 또한 소실된 궁성을 복구하고 서경의 황성(평양성)과 송악성을 중수하도록 하였다. 그리고 죽은 강조의 남은 일당을 논죄해 탁사정, 박승, 최창, 위종정, 강은을 바다 건너의 섬으로 각각 유배 보냈다.

그 사이 여진이 두 차례나 급습하기도 하였다. 1011년 전함 백여 척을 이끌고 경주를, 1012년 경상도 일대를 각각 침략하였지만 모두 고려군에 의해 격퇴되었다.

거란은 이후에도 고려 왕의 입조와 강동 6성을 요구하였다. 강동 6성은 서희가 담판하여 차지한 6주에 세운 성이었다. 하지만 현종은 와병 중이라는 이유로 입조에 대한 양해를 구하였는데 거란은 이를 거부한 채 1013년 여진과 함께 압록강을 다시 건너려고 하였다. 이에 대장군 김승위가 군대를 이끌고 나아가 싸웠고 거란은 패하여 돌아갔다.

마침내 현종 9년(1018년) 12월 소손녕의 형인 소배압이 거란군 10만을 이끌고 다시 침략을 감행하였다. 거란과의 세 번째 전쟁이었다.

현종은 평장사 강감찬(姜邯贊)을 상원수로, 대장군 강민첨을 부원수로 각각 임명하였다. 이들이 홍화진에서 적을 대패시키자, 소배압은 배후를 포기한 채 바로 개경으로 진군하였다. 이에 강민첨이 자주까지 추격하여 다시 대패시켰다.

현종 10년(1019년) 소배압의 주력 부대는 신은현(지금의 황해북도 신계군)까지 진군하였다. 개경과의 거리는 불과 1백 리였다. 왕은 성 밖의 백성을 모두 철수시키고 들판의 곡식을 모두 거두게 하였다. 고구려의 명림답부 이후, 을지문덕 등이 행했던 바로 그 청야전술이었다. 싸움이 길어질수록 식량의 현지조달이 필요한 적 앞에 곡식을 한 톨도 남기지 않고 없애버림으로써 스스로 지쳐 퇴각하게 만드는 바로 그 비장의 전술인 것이다.

소배압은 더는 전면전이 어렵다고 판단하였다. 그는 통덕문에 이르러 수하인 야율호덕으로 하여금 거란군이 회군한다고 고려에 통보하게 하였다. 하지만 이 또한 거짓이었다. 몰래 척후병 300여 기를 금교역(지금의 황해북도 금천군)까지 잠입시켜 급습을 노리고 있었던 것이다. 하지만 이를 눈치 챈 고려군이 오히려 군사 백 명으로 야간에 기습하여 적을 몰살시켰다.

그리고 이어지는 소배압의 후퇴. 강감찬은 이들을 곱게 돌려보낼 생각이 없었다. 거란군이 귀주(지금의 평안북도 구성시)를 통과하는 때를 놓치지 않고 추격하여 대파시켰다. 이 전투가 바로 우리 전쟁 역사에 길이 남을 명전투인 '귀주대첩'이며, 이때 살아 돌아간 적군의 수는 수천에 불과하였다.

다행히 연이은 두 차례 전쟁에서 승리한 이후, 고려의 국내외적 위상이 한층 높아졌다. 아시아 동북부 최강인 거란이 복속이 아닌, 화친을 스스로 제의해 왔을 뿐 아니라 이어 동여진·서여진의 추장들이 고려 조정에 입조하거나 말을 바치며 화의를 다짐했다.

현종은 이후, 전란 중에 소실된 문화재와 서적들을 복구하는가 하면, 사초를 복원하고, 대장경 6천여 권을 편찬하였다. 외곽에 성곽을 축조·정비하고 과거제를 활성화하는 등 국방과 중앙집권 체제를 강화하는 데 빈틈이 없도록 했다.

이로써 13세기까지 거란, 여진 등과 평화적인 외교 관계를 유지하며 고려를 안정된 상황으로 유지할 수 있었으니, 이 또한 현종의 업적이라 할 수 있겠다.

1013년 5월 재위 22년 만에 사망한 현종의 수는 40세였다. 1029년 사망한 천추태후보다 4년을 더 살았으니, 천추태후 역시 이 모든 환란을 지켜보고 있었다고 할 수 있겠다.

나는 천추태후다

나는 위대한 태조 왕건의 손이다. 부모 모두 태조 대왕의 친자였으니 사내로 태어났다면 왕위에 올랐을 것이다. 아쉽게도 여인으로 태어나 그리하지 못했을뿐 고귀한 핏줄임을 큰 영광으로 생각한다.

하지만 어린 시절, 나를 비롯한 오 남매는 어머니에 이어 아버지마저 일찍 여읜 외로운 신세였다. 왕족의 삶이란 것이, 보장된 지위와 대대로 상속받은 식읍에 부족함은 없겠으나, 자칫 누군가로 인해 왕권 다툼에 휘말리기라도 한다면 죄가 없어도 죽임을 당할 수 있는 벼랑 끝의 자리라는 것을 나는 이미 어려서부터 보아왔다. 같은 왕씨 혈육끼리 서로 모함하고 죽이기를 마다하지 않는 모습에 치가 떨리면서도, 그보다 두려움이 컸던 어린 시절이었다. 누구를 믿어서도, 누구에게 사사롭게 속내를 털어놓아서도 안 되는 숨 막히는 세월이었으니 의지가지없는 천애고아나 별반 다를 바가 없는 상황이었다.

다행히 그러한 때, 우리를 받아주신 분은 친조모이신 황주의 신정왕태후 마마였다. 우리 다섯 남매를 거두어 환란으로부터 바람막이 역할을 해주셨고, 지극정성으로 키우셨기에 안전하게 살아남을 수 있었다.

왕태후께서는 매양 우리에게 고운 옷을 입혀주고, 맛난 것을 챙겨주셨다. 항상 서책을 가까이하셨기에 나의 오라비 개령군 왕치 역시 책 읽기를 즐겨하였다. 나 또한 어려서 오라비와 글 공부를 함께 할 정도로 남매의 정이 돈독하였다.

물론 왕태후 마마의 가슴속에 권력에 대한 야망이 크게 자리 잡고 있었다는 사실을 모르는 바는 아니었다. 광종 대왕께 따님인 대목왕후를 시집 보낼 때도 그랬거니와, 다음 보위에 오른 외손주 경종에게 친손녀인 나와 나의 아우인 헌정왕후를 나란히 시집 보낼 정도로 마마의 모든 행위에는 정비가 되지 못하고 후비에 그친 한이 서려 있었다.

하지만 무엇보다 그런 왕태후 마마의 권력욕이 작용하여 왕위에 오른 개령군이 고려를 바꾸려고 한 것이 문제였다.

고려는 사내가 왕위에 오르고 관직에 오를 수 있다는 것을 제외하고는 남녀의 차별이 심한 나라가 아니었으며, 불심으로 나라를 일으킨 만큼 백성들의 신실한 마음이 부처님 말씀으로 대동단결한 나라였다. 그런데 개령군은 왕위에 오른 이후, 국교인 불교를 억압하고 유교를 정치적·사회적·문화적 기본 이념으로 삼았다. 연등회뿐 아니라, 토속신에게 제사 지내는 팔관회마저 잡다한 기예가 불경하고 번잡하다 하여 금하였다.

이는 연등회와 팔관회를 소홀히 하지 말라 하셨던 태조 대왕의 유조에도 전혀 맞지 않는 조치였다. 연등회와 팔관회는 나라와 왕실의 안녕을 비는 행사인 만큼 백성들의 애국심을 고취시키고 왕실을 존중하며, 나아가 백성들이 모두 한마음 한뜻이 될 수 있게 했다. 가족, 친지, 이웃

들과 술, 다과, 놀이를 즐기는 명절과 같은 날이었다. 게다가 이때 송나라뿐 아니라, 여진과 왜의 사절이 축하 선물을 보내면서 사신을 따라온 상인들에 의해 사적인 무역까지 행해졌기에 범국가적인 대외 교류의 장이 되기도 하였다.

이러한 중차대한 행사를 폐지한다고 하여 국가 재정이 늘어나고, 불교의 폐단이 아예 없어질 수는 없지 않은가. 오히려 유교와 중국에 대한 사대야말로 나라의 자주성을 잃고 망조가 드는 행동이라 할 수 있을 것이다.

이에 성종 사후, 나의 아들인 목종이 즉위하자마자 곧바로 연등회와 팔관회를 부활시켜 우리 고려의 전통을 되살리고자 하였다. 광종 대 이후 지속되었던 과거제를 통해 관직에 등용된 신라계 유학자들이 서경 천도를 반대하는데도 그들의 역량을 살려 나라를 살필 수 있도록 지원하였다. 물론 그렇게 조정에서 성장해온 신라계 유학자들이 중심이 되어 차후 대량원군을 옹립하고 목종을 폐위하였으며 나의 역사를 음탕한 요녀, 권력에 미친 악녀로 기술하였음을 몹시 통탄해하고 있을 뿐이다.

어쩌면 이 모든 것이 나의 잘못된 선택 때문일 수도 있을 것이다. 경종 사후, 한 사내를 만나 연모의 정을 나누었다. 사통이라니, 망측하기도 하여라. 고려는 과부의 재가나 정분에 대해 손가락질하는 나라가 아니다. 성종 자신도 문덕왕후의 두 번째 낭군이었다. 그런데 선왕의 왕후였다는 이유로, 나를 숭덕궁에 가두고 김치양을 매질하여 유배 보냈다. 열여덟 살이라는 젊은 나이에 사별한 내가, 죽는 날까지 승려처럼 도나 닦으며 살았어야 옳은가.

나의 동생인 헌정왕후야말로 불륜을 저질렀다. 성목장공주의 어미가 왕욱의 본처였다. 본처가 시샘하여 가택에 불을 지르면서 그 실체가 드러날 정도로 두 사람의 관계는 심각하였다. 그러한 이유라면 나와 김치양 사이의 아들이 죽임을 당했듯, 대량원군 또한 죽었어야 옳지 않은가? 물론 내가 그런 치졸한 복수를 바라는 사람은 아니다. 대량원군은 나의 조카다. 산고를 견디지 못하고 안타깝게 죽은 내 불쌍한 동생의 하나뿐인 아들인 것이다.

나는 그 아이를 내 아들 목종과 함께 궁에서 돌보았다. 그 아이가 제 아비에게 가 있는 동안에도 부족함 없이 자랄 수 있도록 온갖 물자를 보내주곤 했었다. 그런데 제 아비가 죽은 후, 다시 궁으로 돌아온 그 아이는 무언가 달라져 있었다. 순수하고 선하기만 했던 아이가, 제 아비와 2년 동안 함께 살면서 어떤 교육을 받았는지는 알 수 없으나 형형한 눈빛에서 나와 목종을 경계하고 있다는 것을 확인할 수 있었다.

그 이유를 나는 곧 알게 되었다. 그 아이가 읊은 시 속에서 그의 본심을 읽을 수 있었다. 언젠가 왕좌에 오르리라는 자신감과 포부였다. 목종이 아들을 낳는다면 이 또한 역심일 터, 나는 그 아이를 사찰로 보낼 수밖에 없었다. 그 아이를 궁에 계속해서 살게 한다면 권좌를 노리기 위한 음모를 꾸미거나, 음모에 연루되어 죽임을 당할 수 있기에 이를 미연에 방지하고자 했다.

아아, 하지만 운명은 내가 예상하던 바대로 흐르지 않았다.

김치양은 단순히 나의 사랑하는 연인이자, 정치적 동반자라고만 생각했다. 경종을 일찍 여의고 남은 생을 차가운 궁궐 내 망부석으로 굳어버릴 게 뻔했던 나를 구원

해준 이가 바로 김치양이었다. 함께 사랑을 나누고, 목종을 도와 서경 천도를 위한 정치적 행보를 함께 했으며 부처님의 말씀을 널리 전하고자『대보적경』을 발원하기도 하였다.

특히 그대들 시대에 현존하는 고려 사경 중에서 가장 오래된 것으로 알려진『대보적경』권 32 중에서 맨 앞에 그려진 그림 변상도는, 후대에도 자랑할 만한 작품으로 불리고 있다. 세로 29.2cm 가로 841cm에 달하는 대작으로 내가 직접 선택한 경문을 금니(아교를 개어 만든 금박가루)로 서사하게 하고 은니로 앞뒤 표지에 보살 등을 그려 넣었다. 이 모든 것이 이 나라 고려와 왕실, 백성들의 안위를 위한 지극한 바람에서 기인한 것이었다. 물론 고려를 밀어내고 세워진 조선의 시대에 왜의 침략으로 유출되어 그대들 세대에는 대한민국이 아닌, 일본 교토 국립박물관에서나 볼 수 있다는 것이 몹시 안타까울 따름이다.

그렇다. 내 마음은 한결같았다. 권력욕이 아닌, 나라와 왕실과 백성에 대한 충심뿐이었다. 다만 잘못이 있다면 김치양이 권력을 이용하여 전횡하는 것을 막지 못했다는 것이다. 궁중에 앉아 통치하는 나의 곁에 늘 김치양이 붙어 있었으니, 목숨 걸고 나에게 간언하려고 하는 이가 아무도 없었다. 그가 화려한 누정과 연못을 갖춘 300여 간의 집을 지어 살았다지만, 그것의 출처가 뇌물인지 알지 못하였고, 벼슬을 팔아 거둬들인 재물인지 또한 알지 못하였다.

당연히 그의 직책에 맞는 식읍과 노비를 내렸으며, 그 외 내가 개인적으로 보낸 재물도 상당하였으니 나의 격에 맞는 집을 지어 함께 살고자 함이려니 하고 흡족한 마음이 들었을 뿐이다.

그런데 알지 못한 것도 독이요, 알려고 하지 않은 것도 독이 된 셈이다. 그가 뒤에서 우리 두 사람 사이에 태어난 아들을 권좌에 올리기 위해 주변에 심복을 심어 왕을 감시하고, 대량원군에게 여러 차례 독약을 보내 시해하려고 하였다는데 나는 참으로 믿을 수가 없다. 그가 왜 그랬을까? 나를 이용하여 재물을 얻고 권세를 누린 것으로도 부족하였던가? 그 어린 아들을 왕위에 올려 무소불위의 권력을 누리려고 하였던가? 진시황의 친아비인 여불위 꼴이 나려고 그 짓거리를 했단 말인가?

어림없는 짓이다. 그가 얼마나 많은 재물을 축적하였는지는 모르나, 고려의 군대를 움직일 수 있는 이는 오직 나와 목종뿐이었다. 강조가 왕을 호위하려고 5,000명의 군대를 이끌고 상경한다고 하였을 때에도 다른 의도가 있음을 알았다면 내가 미리 막았을 것이다. 간사한 무리, 어쩌고 하였을 때에도 왕의 용양으로 관료들을 백안시하고 전횡한 유행간과 유충정의 무리를 일컫는다고만 여겼지, 설마 김치양이나 감히 나, 천추태후마저 그런 더러운 무리 속에 이름을 올렸으리라고는 상상조차 하지 못했다. 만약 알았다면 결코 좌시하지 않았을 것이다.

하지만 이제와 생각하니 모든 것이 부질없는 짓이었다. 나의 마지막 연인이었던 김치양과 느지막이 낳아 나의 살보다, 나의 피보다 더 귀하게 여겼던 나의 어린 아들까지 죽임을 당했다. 나의 측근들 모두 바다 건너 섬으로 유배되었다. 급기야 아무 죄 없는 나의 장남이자, 태조의 후손인 목종마저도 강조의 지시를 받은 중금군의 칼에 맞아 죽어야 했다.

이 얼마나 통탄할 일인가? 왜 그들은 목종을 폐위시킨 것도 모자라 나의 두 아들을 모두 죽였어야 했던가? 대량원군에게 양위한 목종이 현종의 왕권을 위협하는 존재였다는 것인가?

후환이 두려워서였을 것이다. 원래 남의 것을 빼앗은 자일수록 자신 또한 그와 같은 피해자가 될 수 있음을 두렵게 여긴다고 하지 않던가. 그리하여 불복하거나 반대하는 세력에 대한 대대적인 숙청도 당연시하는 것이 정변의 불문율과 같지 않던가. 모든 백성이 강조의 저열한 역모로 인해 목종이 시해당한 것을 비난하였으니 자신도 그와 같은 일을 당할 수 있다는 두려움 때문에 그리 무도한 짓을 저질렀으리라.

하지만 그게 정당한가? 자신이 모시던 왕의 총애를 받던 자가 아닌가. 강조, 그놈은 역모를 꾸몄으며, 왕을 시해하고 자살로 위장한 뒤 시신을 방치하기까지 한 천하의 몹쓸 역적 놈이다. 결국 그 사건으로 인해 거란에 침략의 빌미를 주었고, 강조가 그 전쟁에 나아가 적의 손에 죽임을 당하였으니 이야말로 천벌이 아니고 무엇이겠는가.
부처님은 결국 나의 손을 들어주신 게다.

물론 강조가 죽었다 하여 내가 기뻐한 것만은 아니다.
고려가 이후 두 차례의 전쟁에서 승리하여 거란을 철군시
켰다고는 하나, 짐승들이 짓밟고 간 내 나라 땅과 그 안에
서 피를 흘린 나의 무고한 백성들은 또 어찌한단 말인가.
그나마 내가 서경 등지에 성보와 성책을 쌓고 북방 민족
들의 침략에 대비하였으니 망정이지 그렇지 않았다면 더
많은 피해를 입었을 것이 자명하지 않은가.

무참하게도 나는 강조의 정변 이후, 내 모든 것을 잃고
황주로 돌아와 21년을 더 살았다. 뼈가 시릴 만큼 외롭고
하루에도 천 번씩 천불이 올라올 정도로 분한 마음을 가
눌 길이 없었지만 나는 버텨야만 했다. 내 억울함이 나를
버티게 해주었고, 실패는 하였으되 패배는 하지 않았다
는 생각이 피눈물에 젖은 이 땅을 밟고 서 있게 해주었다.

돌이켜보건대, 나의 섭정은 옳지 않은 일이었을지도
모른다. 목종의 심성이 유약하니 어미 된 도리로 그를 도
와야 한다는 생각뿐이었다. 우리 고려가 외국에 사대하

는 것이 옳지 않다고 여겼기에 이를 고쳐야 한다는 마음이 앞섰다. 성종이 내려놓은 고려의 위상은 꼭 되돌려야 한다고 여겼다. 태조의 유조에 따라 고려가 자주국이자 황제국으로서, 세상 그 어떤 나라도 넘보지 못할 대국으로 거듭나기를 바랐다. 온 마음을 다하여 심약한 목종의 의기를 북돋아 나라를 지켜내려고 노력하였다.

그것이 무엇이 되었건 간에 죄가 있다면 달게 받겠다. 그것이 나의 비참한 말로와 유관하다면 역사에 남은 내 이름이 그 어떤 비판을 받더라도 받아들이겠다. 하지만 결단코 아니기에 그대들 시대에 내 역사를 다시 고쳐주기를 바란다. 승자의 역사가 아닌, 정의로운 역사를 바랄 뿐이다.

후 기

　고려의 여걸 천추태후에 대한 재평가는 역사 학자들
손에서 여러 차례 이루어졌다. 그녀의 일대기가 드라마
로 만들어지기도 하였으며, 소설이나 논문에서는 목종 대
의 정치를 섭정에 의한 그녀의 정치로 기술되기도 하였
다. 하지만 아직까지 문헌을 통해 알려진 그녀에 대한 일
반적인 평가는 '음란한 태후', '권력욕 강한 여인'에서 크게
벗어나지 못하고 있다.

　수많은 사람을 제거하고 권좌에 오른 측천무후조차
나라를 크게 부흥시킨 업적만은 따로 구분해서 평가하고

있다. 신분의 고하를 막론하고 인재를 등용하고, 중앙집
권체제를 강화하기 위해 체제를 귀족 정치에서 문인 중
심의 관료 정치로 바꾸었으며, 관료들의 기강을 준엄하
게 잡고 영토의 확장에도 크게 기여함으로써 태종이 통치
하던 '정관(貞觀)의 치(治)'에 버금간다는 평가를 받아 '무
주의 치(武周之治)'라 불리기도 하였다. 측천무후의 이와
같은 업적은 천추태후가 섭정할 당시의 통치 방향과 크게
다를 바가 없다.

그럼에도 조선의 유교가 만들어놓은 삐뚤어진 잣대는
그녀를 부도덕한 인물로 보고 손가락질만 하고 있다. '사
통한 태후', 자신의 아들을 왕위에 올리기 위해 조카를 죽
이려고 한 '악녀', '권력욕의 화신'으로 부르고 있다. 매우
애석한 일이 아닐 수 없다.

모든 이의 인생 하나하나가 모여 역사가 된다. 나의 역
사, 나의 삶은 사후에 어떻게 평가될까 생각해 보게 된다.
나는 무엇을 해왔고, 어떤 식으로 평가받게 될 것인가. 행
적의 시시비비는 누가 어떻게 가려줄 것인가. 과연 나에

대한 모든 역사가 정당하게만 받아들여질 것인가. 천추태후에 대한 조선시대의 비판적 평가를 떠올리면 그 어떤 것도 장담할 수가 없다.

쉬운 일은 하나도 없는 것 같다. 쉽게 풀리는 일은 더더욱 없는 것 같다.

세상의 많은 사연을 담기에는 내 그릇이 너무 작다. 무엇을 담아도, 무엇을 써도 부족한 감이 있다.

문득 떠오르는 일화가 하나 있다. 조선 가사 문학의 대명사인 '사미인곡', '속미인곡', '관동별곡' 등으로 유명한 정철의 이야기다.

조선의 왕 선조는 정철을 매우 총애하였다. 임금의 간청에도 종친을 처벌할 만큼 원칙과 소신이 철저한 신하였기 때문이다. 문제는 정철이 엄청난 애주가였다는 사실이다. 그로 인해 반대파로부터 숱한 공격을 받아야 했고, 그때마다 선조가 그를 감싸주었다.

보다 못한 선조가 그에게 작은 은잔을 내리며 이렇게 어명을 내렸다.

"앞으로 하루에 이 잔으로 딱 석 잔만 마시라."

말술을 마시던 정철에게는 몹시 곤혹스러운 명이 아닐 수 없었다. 세 말, 세 병도 아닌, 딱 석 잔이라니. 이는 그에게 있어 학문 외에 그가 누릴 수 있었던 삶의 즐거움을 내려놓으라는 소리와 같았다. 그렇다고 지엄한 왕의 명을 어길 수도 없지 않은가.

마침내 정철은 절묘한 수를 내어 이 어려운 왕의 미션을 해결해 내고야 말았다. 은장이를 부르더니 왕이 내린 은잔을 두들겨 사발만 하게 늘려 버린 것이다. 선조도 이를 알고 허허 웃기만 했다는 일화다.

내 잔이 비록 타고나기를 간장 종지만 하다 할지라도 계속 두드리고, 노력하다 보면 사발 아니라 세숫대야나 함지박만 해질 수도 있지 않을까.

갑자기 떠오른 옛 일화에 희망을 품어본다. 자고 일어나면 다시 떠오르는 태양처럼 말이다.

2024년 9월

윤선미

참고 자료

『국역 고려사』세가, 열전, 반역 등 2008. 8. 30. / 동아대학교 석당학술원

『고려사절요』2023. 10. 15. / 책임 편찬 김종서 / NEXEN

『국역 동국통감』1996. 11. 30. / 책임 편찬 서거정·권재홍 / 세종대왕기념 사업회

『고려도경』2005 / 원저자 서긍 / 공역 조동원·김대식·이경록·이상국·홍기표 / 황소자리

『한국생활사박물관』2002. 8. 20. / 한국생활사박물관 편찬위원회 / 사계절

『이덕일의 여인열전』제14장 천추태후 / 2003. 2. 10. / 이덕일 / 김영사

논문「고려 목종 12년의 정변과 강조의 역할」장종진 / 서강대학교

논문「고려시대 천추태후의 정치적 활동」2008. 9. 11. / 김아네스

한민족의 정체성을 만든
인물들을 통해, 삶의 지혜와
미래의 길을 연다.

고대 배달 민족의 얼인 고대 동아시아 지배자

나는 **치우천황**이다

대동 세상을 열려는
너희 본디 마음이 나 치우다

"나는 천산산맥 넘어 해 뜨는 밝은 곳을 향해 내려와
신시 배달국을 열었다. 너도 하느님 나도 하느님, 너도 왕이고
나도 왕이니 서로서로 섬기는 대동 세상 터를 닦고 넓혀왔다.
하여 뭇 생명이 즐겁고 이롭게 어우러지는 세상을 열려는
너희 본디 마음이 곧 나일지니."
- 치우천황이 독자에게 -

이경철 지음 | 값 14,800원

근세 현모양처의 대명사인 한 여성의 삶과 꿈

나는 **사임당**이다

많이 알려졌어도 실제
내 삶을 아는 사람은 드물구나

"나만큼 많이 알려진 인물도 없다. 그러나 나만큼 제대로
알려지지 않은 인물도 없다. 율곡의 어머니, 겨레의 어머니,
현모양처의 모범과 교육의 어머니로 많이 알려졌어도
실제 내 삶이 어떠했는지 아는 사람은 거의 없다.
나는 내 삶을 바르게 살고 싶었을 뿐이다."
- 사임당이 독자에게 -

이순원 지음 | 값 14,800원

근대 지킬 것은 굳게 지킨 성인군자 보수의 표상

나는 **퇴계**다

'완전한 인간'을 위한
자기 단련의 길이 나 퇴계다

"나는 책이 닳도록 수백 번을 읽었다. 그랬더니 글이
차츰 눈에 뜨였다. 주자도 반복해서 독서하라고
이르지 않았던가? 다른 사람이 한 번 읽어서 알면,
나는 열 번을 읽는다. 다른 사람이 열 번 읽어서
알게 된다면, 나는 천 번을 읽었다."
- 퇴계가 독자에게 -

박상하 지음 | 값 14,800원

근대 보수의 대지 위에 뿌린 올곧은 진보의 씨앗

나는 율곡 이다

바꾸자는 개혁의 길
너의 생각이 나 율곡이다

"나라는 겨우 보존되고 있었으나, 슬픈 가난으로
시달리는 백성들은 온통 병이 깊어 숨이 넘어갈
지경이었다. 백척간두에 선 채 바람에
이리저리 위태롭게 흔들리고 있었다.
내가 개혁을 외치고 나선 이유다."
- 율곡이 독자에게 -

박상하 지음 | 값 14,800원

현대 모국어로 민족혼과 향토를 지켜낸 민족시인

나는 백석 이다

깊은 슬픔을 사랑하라

분단의 태풍 속에서 나는 망각의 시인이었다.
하지만 한국의 독자들은 다시 내 시에 영혼의 불을 지폈다.
나는 언제나 외롭고 높고 쓸쓸한 시인이다.
- 백석이 독자에게 -

이동순 지음 | 값 14,800원

현대 남북한과 동서양의 화합을 위해 헌신한 삶과 음악

나는 윤이상 이다

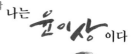

남북통일과 세계의 화합과
평화를 염원하며 작곡했다

"나는 남한과 북한, 동양과 서양, 고전과 현대의 경계에 서서
화합을 모색해 왔다. 우리 민족혼을 바탕으로 민주화와
통일을 갈망했고 세계가 전쟁과 핵 공포에서 벗어나
평화와 평등의 세상으로 나가기를 바랐다.
내 음악은 이 모든 염원의 표상이다"
- 윤이상이 독자에게 -

박선욱 지음 | 값 14,800원

근대 삼한갑족 노블레스 오블리주의 대명사

동서고금을 통해 해방운동이나
혁명운동은 자유와 평등을 추구하는 운동이었다.

나는 이회영 이다

"한 민족의 독립운동은 그 민족의 해방과 자유의 탈환을 뜻한
이런 독립운동은 운동 자체가 해방과 자유를 의미한다.
태고로부터 연면히 내려온 인간성의
본능은 선한 것이다."
- 이회영이 독자에게 -

이덕일 지음 l 값 14,800원

근대 육성으로 직접 들려주는 독립군의 장군 일대기

내가 오지 말았어야 할 곳을 왔네,
나를 지금 당장 보내주게

나는 홍범도 다

야 이놈들아, 내가 언제 내 흉상을 세워 달라 했었나.
왜 너희 마음대로 세워놓고, 또 그걸 철거한다고 이 난리인가
내가 오지 말았어야 할 곳을 왔네. 나를 지금 당장 보내주게.
원래 묻혔던 곳으로 돌려보내주게.
나는 어서 되돌아가고 싶네.
- 홍범도가 독자에게 -

이동순 지음 l 값 14,800원

고대 신화가 아니라 실재했던 한겨레의 국조

서로 잘 어우러져 하나가 되는
홍익인간 공공사회를 일구었노라

나는 단군왕검 이다

"나는 임금이 되어 우리 겨레를 홍익인간의 삶으로 이끌려 애썼
그러면서도 자연의 원리에서 떠나지 않으려 했다.
융통성을 바탕으로, 공동체를 사안에 따라 매우
유연하고도 능란하게 운영하려고 했다. 반란과 대홍수를
이겨내고 모두 하나가 되는 공공사회를 일구었노라."
- 단군왕검이 독자에게 -

박선식 지음 l 값 14,800원

근세 여성 최초 상인 재벌과 재산의 사회 환원

나는 **김만덕**이다

가난을 돌이킬 수 없는 수치로 여겨라

어진 사람이 나랏일에 간여하다가도 절개를 위해 죽는 것이나,
선비가 바위 동굴에 은거하면서도 세상에 이름을
떨치게 되는 건, 결국 자기완성이 아니겠느냐.
여성의 몸으로 내가 상인으로 나선 이유도
이와 다르지 않다."
- 김만덕이 독자에게 -

박상하 지음 | 값 14,800원

고대 민족의 고대사를 개창한 건국 여제

나는 **소서노**다

내가 바로 고구려, 백제를 건국한 왕이다

"나는 졸본부여의 왕재로 태어나, 추모와 함께 고구려를
건국하였으며 다시 두 아들과 함께 남하하여 백제를 건국하였다.
역사서에 나를 일컬어 왕이라 하지 않았으나,
엄연히 나라를 개창하여 백성들을 위한 정치를 펼쳤으니
더 이상 나의 존재를 부정할 수 없으리라."
- 소서노가 독자에게 -

윤선미 지음 | 값 14,800원

고대 신라의 중흥을 이룬 대장군

나는 **이사부**다

위대한 장수는 싸우지 않고 이기는 전투를 한다

전장에서 적을 베는 것보다 싸우지 않고 이기는 장수가
지혜로운 장수다. 적국의 백성도 나라를 달리하면
모두 제 나라의 백성이다. 권력을 탐하는 자는
신의를 저버리나 백성은 그저 순리에 따를 뿐이니,
현명한 장수는 백성을 살리는 전투를 한다.
- 이사부가 독자에게 -

김문주 지음 | 값 14,800원

고대   신화적인 삶을 산 한민족사의 큰 어른

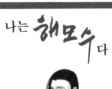

나는 **해모수** 다

나는 조선인이고, 부여인이며, 고구려인이다

여러분의 말 속, 정신 속에는 나의 삶이 조금씩 배어 있다.
조상이 무엇인가? 역사의 거름이 되는 게 아닌가?
어려운 시기가 오고 있네만 나를 거름으로 삼아
후손들을 위해 맑고 기름진 거름이 되게나.
- 해모수가 독자에게 -

윤명철 지음 | 값 14,800원

현대   타는 목마름으로 연 민주화와 흰 그늘의 길

나는 **김 지하** 다

더 나은 세상을 위해 진흙창 속에 핀 연꽃, 십자가가 되려 했다

"나는 개벽을 향한, 부활을 향한 민중의 고통에 찬
전진 속에서, 내게 주어진 진흙창 삶에 피우는 연꽃이
되려 꿈꿨다. 내게 주어진 십자가를 지고 민중과 함께
있기를 소망했다. 민중의 한 사람인 내가 꿈꾼 이런 소망이
어느 시대, 어느 세상에서든 좀 더 나은 세계로 건너가는
징검다리 돌 하나가 됐으면 좋겠다."
- 김지하가 독자에게 -

이경철 지음 | 값 14,800원

현대   백석 시인을 사랑했던 조선권번 기생

나는 **김자야** 다

저는 백석 시인의 뜨거운 사랑을 받았습니다

그 험하고 가파른 세월을 무탈하게 살아올 수 있었던 것은
오로지 제 나이 22세 때 만나 서로 뜨겁게 사랑했던
백석 시인의 고결한 영혼 덕분입니다.
- 김자야가 독자에게 -

이동순 지음 | 값 14,800원